de mieux en mieux

Une collection dirigée par Mikaël Ollivier

ISBN 978-2-36474-657-2

CONCEPTION GRAPHIQUE :
couverture Marion Bataille
intérieur Bärbel Müllbacher

NOUVELLES

CHRISTOPHE
LÉON

de mieux en mieux

EDITIONS
THIERRY
MAGNIER

Sommaire

Pour Jo

De mieux en mieux

On a pris par la droite, dans une ruelle qu'on savait donner directement sur une cour après avoir escaladé un muret. On a traversé le jardin laissé à l'abandon et on s'est bientôt retrouvés dans la rue, les flics de la BAC aux fesses.

Ghanem a filé comme une flèche, droit devant lui. Moi, j'ai pris la tangente en direction de la cité – le truc consiste à toujours se séparer afin de brouiller les pistes.

Dans le lointain, j'ai entendu feuler la sirène d'une voiture de police. Je me suis retourné le temps d'une fraction de seconde. Personne. Je n'ai pas ralenti pour autant. J'ai piqué un sprint jusqu'à l'entrée du parking principal de la cité. Je me suis faufilé entre les bagnoles, avant de m'accroupir derrière une vieille Peugeot, celle du père de Kevin. Ici les voitures ont toutes un propriétaire connu, celles qui n'en ont pas d'identifiable sont dépouillées dans la nuit.

J'ai repris mon souffle et essuyé avec ma manche la transpiration qui perlait sur mon front. Puis j'ai attendu que les battements de mon cœur se calment avant de me relever, centimètre par centimètre. J'ai jeté un œil circulaire autour de moi. Par bonheur il n'y avait pas l'ombre d'un uniforme à l'horizon.

Rassuré, je me suis éloigné, les mains dans les poches, en sifflotant, l'air dégagé.

Cinq minutes plus tard, j'étais devant l'entrée de mon immeuble, le bâtiment E de la cité Nelson-Mandela.

Sur les marches du perron zonait la bande habituelle. On s'est salués en shakant des poings, échangeant les salamalecs rituels, ensuite je me suis assis parmi eux pour discuter un peu. Ce n'est pas que leur conversation soit passionnante, mais au moins j'ai l'impression d'être en pays de connaissance.

Mes potes habitent ici depuis qu'ils sont nés, ils ont grandi dans des appartements souvent exigus, fait les quatre cents coups dans les couloirs et dans les caves. Bien sûr, pas mal de nos aînés sont partis, quelques-uns sont en cabane, d'autres ont trouvé un job et s'échinent à « s'insérer ». Quand les caméras de la télé débarquent dans la cité pour faire un reportage ou suivre un fait divers pour les infos, il ne manque jamais un *inséré* pour afficher sa trombine plein cadre et déblatérer sur sa réussite en remerciant la société qui lui a ouvert les bras. C'est vendeur pour les journalistes et acceptable pour les téléspectateurs.

Deux ou trois *grands* ont viré éducateurs et rappliquent de temps à autre dans l'intention de nous faire la morale. On les respecte, personne ne peut nous reprocher le contraire, mais j'avoue qu'on s'en fout un peu de leurs leçons de savoir-vivre.

Ils peuvent toujours nous promettre un monde meilleur, nous vanter la mixité, la valeur du travail, les bienfaits de la société libérale qui permet à chacun quel que soit sa blablabla ou son blablabla… Mais faut pas nous raconter des craques. Les gars qui sont assis sur ces marches avec moi ont un ou plusieurs membres de leur famille sans travail, qui n'en trouveront pas ou alors à des salaires de misère.

Bref, on n'en discute même plus. On préfère s'inventer un futur sur mesure, irrationnel mais aux petits oignons. Seulement voilà, très peu d'entre nous ont les moyens de passer de la berlue collective à la réalité individuelle, et les rêves se métamorphosent fréquemment en cauchemars.

Au bout d'un moment je me lève et les quitte pour entrer dans le hall.

Sur les murs des tags – un tas de graffitis emberlificotés les uns dans les autres, pareils à des peintures rupestres modernes. Dans mille ans, un type les redécouvrira et leur trouvera des significations auxquelles on n'a jamais songé en les barbouillant. Tiens, celui-là par exemple, j'en suis l'auteur. Je l'examine attentivement, essayant de me rappeler ce que j'ai pu ressentir en le bombant…

J'avais quoi ? Dix ans à tout casser ? C'était le soir, tard. J'étais redescendu en cachette avec une bombe aérosol que j'avais piquée à la supérette. La promo de la semaine : un beau vert flashy qui pétait drôlement. J'avais pas mal la frousse. Une ou deux fois, les phares d'une voiture dans la rue m'ont foutu une sacrée trouille. Aujourd'hui, je ne sais plus très bien ce que j'ai voulu dessiner, un monstre certainement ou encore un héros de manga. Résultat, on dirait la tête d'un mec qui a trop mangé et qui est sur le point de vomir son repas !

Je reste en admiration devant mon chef-d'œuvre une ou deux minutes avant d'attaquer les escaliers.

L'ascenseur, faut pas trop compter dessus, des lustres qu'il est en rade. La société HLM ne veut pas faire les réparations sous prétexte qu'on le démolit à chaque fois. Je n'y crois pas une seconde… Les locataires préféreraient qu'il fonctionne au lieu de se taper les étages à pied. Non, tout ça, c'est une affaire de gros sous, comme d'habitude.

J'arrive sur le seuil de l'appartement. Je sors les clés de la poche de mon blouson en vinyle noir. Je donne deux tours dans la serrure, ouvre la porte et entre avant de refermer à double tour.

– C'est moi ! je m'annonce.

Pas de réponse.

La téloche est allumée et braille sa bouillabaisse quotidienne. Maman est assise dans un fauteuil, captivée par un jeu où des candidats gagnent des lots qu'elle-même ne convoite plus. Voilà longtemps qu'elle se doute que ce n'est pas pour elle, ce genre d'émission. On n'y a jamais vu une vieille ratatinée par les ans et habillée comme un sac… Mais attention ! Je l'aime, ma mère ! Et le premier qui en dit du mal, je lui refais le portrait. Non, simplement, avec le temps et les galères, on a appris à être réalistes à la maison.

Papa, par exemple, il est au chômage depuis trois ans et il accepterait n'importe quoi pour retrouver ce qu'il appelle *sa dignité*. Eh bien, même ce *n'importe quoi* lui est refusé ! Du coup, il a appris à se contenter des allocations dont on veut bien lui faire l'aumône.

– Voilà comment ils achètent la paix sociale, qu'il rabâche chaque fin de mois en touchant ses indemnités.

– Pourquoi tu te révoltes pas, papa ? je lui ai demandé une fois.

– Avec quoi on achèterait à manger ? Couillon !

De toute façon, il n'y a plus que moi à la maison, et je ne dois pas être assez important pour faire la révolution. Le grand frère est parti vivre sa vie et ne donne plus de nouvelles, je suppose qu'il a réussi dans ce qu'il fait. La grande sœur s'est mariée, elle a deux enfants, mes neveux que je vois de temps en temps, elle est mariée à un garagiste. Nous nous entendons bien, c'est toujours une grande joie quand elle passe à la maison.

Par la force des choses, on est « philosophes » chez nous. Si nous étions arabes, ce serait Inch'Allah ! Mais ce n'est pas le cas. On s'arrange avec notre bon Dieu à nous, qui est du genre féminin en fait et qui s'appelle *Sainte Débrouille.*

Je file directement dans ma chambre, sans passer par la case « D'où tu viens ? », question que ma mère pose en général machinalement sans quitter l'écran des yeux.

Je vide mes poches sur le lit : essentiellement des paquets de bonbons. Je les ai chourés à la supérette, lieu de prédilection pour mes petites emplettes.

Mais ce n'est pas pour ces bonbons que la BAC nous coursait, ils n'en sont pas encore à poursuivre des jeunes pour des Haribo… C'est simplement parce que Ghanem a eu la pétoche quand leur voiture nous a croisés.

On se baladait sur le boulevard et Ghanem a pris ses jambes à son cou comme s'il venait de commettre le casse du siècle. Pour les flics, un Arabe qui court, c'est un Arabe qui vole. Ils l'ont pris en ligne de mire et moi avec, l'andouille de service, qui me suis aussi mis à décamper sans réfléchir.

J'avais les bonbons dans les poches, d'accord, mais je risquais quoi ? Vingt ans de prison ? Et Ghanem ? Il n'a même pas de casier. On va au bahut, on n'a pas redoublé de classe, on a de bonnes notes et on fera partie des 80 % de cloches qui auront le bac en primeur. Mais le hic, c'est qu'on vit dans la cité et que nous sommes des délinquants virtuels – c'est gravé malgré nous dans notre subconscient –, surtout quand on détale comme des lapins le jour de l'ouverture de la chasse.

Je m'assois sur le lit et délace mes chaussures avant de m'allonger sur le dos et de regarder le plafond.

Combien de fois n'ai-je pas fixé ce plafond jusqu'à m'en désorbiter les mirettes ? S'il pouvait parler, il raconterait tous mes rêves et tous mes plans sur la comète. Il en aurait des choses à dire. Lui sait qui je suis… Pas ce garçon de dix-sept ans aux cheveux frisés et au ventre plat, qui soupire comme une baleine échouée sur un banc de sable. Pas ce type qui ressemble de plus en plus à son père. Pas ce morveux attardé, qui fauche des bonbons qu'il ne mangera même pas. Pas cet abruti qui aime en secret la fille de la voisine du huitième et qui se décompose à chaque fois qu'il la croise sans pouvoir bredouiller autre chose qu'un bonjour en jus de vaisselle. Pas ce…

– Coraz ! À table !

C'est ma mère. Mon père a dû rentrer et j'ai dû m'assoupir. Il fait déjà nuit.

Je me lève pour fermer les volets.

– J'arrive !

J'allume la lumière, jette un œil dans la glace de mon armoire. C'est vrai que je ne suis pas si moche que ça. J'ai une gueule d'ange, non ? Comment un type comme moi pourrait ne pas réussir ? J'en suis convaincu, bientôt je serai quelqu'un et on se retournera dans la rue pour me voir !

Je passe les doigts dans mes cheveux, fais la moue, rentre mon T-shirt dans le pantalon et vais rejoindre mes parents d'un pas conquérant.

Coraz, mon prénom, signifie *de mieux en mieux* en polonais. C'est mon pater qui l'a choisi quand je suis né. Une chose qu'on ne peut pas lui enlever à mon père, c'est que s'il n'a plus de travail, au moins, il a toujours eu le sens de l'humour…

Lady Gaga

– Lady Gaga ! Lady Gaga ! Lady Gaga ! Lady Gaga !

Je crie avec les autres. Nous sommes une trentaine, massés derrière des barrières de sécurité à l'entrée du garage de l'hôtel Meurice. Face à nous, des vigiles nous empêchent d'approcher.

Trois limousines blanches aux vitres teintées se sont engouffrées sans s'arrêter dans les entrailles de l'hôtel. Impossible de savoir dans laquelle se trouvait la chanteuse.

– Lady Gaga ! Lady Gaga ! Lady Gaga ! Lady Gaga !

– C'est tout ! Allez, dispersez-vous ! C'est fini…

Un grand type, cintré dans un costume impeccable, un talkie-walkie dans une main, écarte les bras et nous invite à nous en aller.

Nous ne bougeons pas, au contraire nous nous agglutinons contre les barrières au risque de les renverser, et continuons à beugler comme des veaux séparés de leur mère :

– Lady Gaga ! Lady Gaga ! Lady Gaga ! Lady Gaga !

– M'sieur ! M'sieur ! Ça fait six heures qu'on poireaute à l'attendre…

La fille à côté de moi est en pleurs, elle articule avec difficulté, mais tout le monde se tait pour l'écouter.

– M'sieur ! Soyez sympa, laissez-nous une chance de la voir. Juste quelques secondes…

– J'y peux rien, moi. Le client ne souhaite pas se montrer, et on a des consignes de la direction.

– Quoi ? Mais c'est pas possible ! On veut juste la voir en vrai. C'est pas la fin du monde ! s'écrie un garçon dans mon dos.

Vêtu d'un sweat-shirt à l'effigie de la star, de grosses larmes coulent sur son visage ravagé par la déception, et il en suffoque presque.

– Allez, laissez tomber… Vous n'aurez rien de plus aujourd'hui, tranche le vigile.

Pas simple d'être une fan de Stefani Joanne Angelina Germanotta, le nom de baptême de Lady Gaga.

Je suis la première à renoncer. Pas la peine d'insister, on ne la verra pas aujourd'hui.

J'avais eu le tuyau de son passage à Paris par mon groupe de discussion sur le Net. Une poignée de groupies comme moi qui avons créé un forum privé pour échanger des renseignements.

La pêche aux infos est un sport quotidien que je pratique de façon quasi professionnelle. Où est-elle ? Où passe-t-elle ? Avec qui sort-elle ? Rumeurs. Ragots… Et je ne parle même pas d'avoir des billets pour ses concerts. Son dernier « Tour », *The Born This Way Ball*, est une véritable tuerie. Faut voir les images sur YouTube ! Il m'arrive de les regarder en boucle, pendant des heures, dans ma chambre. J'en ressors complètement sonnée, mais heureuse comme jamais.

Dans mon lecteur MP3, personne d'autre que Lady Gaga. J'ai pompé tous ses albums : *The Fame*, *The Fame*

Monster, *Born This Way* et le dernier, *Artpop*. Plein tube dans les oreilles, partout et tout le temps.

Je vis Lady Gaga. Je mange Lady Gaga. Je dors Lady Gaga.

C'est ma religion et elle vaut n'importe laquelle. Rien à foutre des copines qui me charrient. Moi, je n'ai qu'elle dans la vie : Lady Gaga ! Une femme capable de s'habiller avec des morceaux de bidoche ! Imaginez ça : une robe entièrement cousue de viande ! Rien que d'y penser, j'en ai la tête qui tourne.

Je réalise soudain que j'ai séché les cours pour ne pas la voir – seulement trois limousines aux vitres opaques. Mais je ne regrette rien. Ça valait les heures à faire le pied de grue dans la rue et à jouer des coudes pour être aux premières loges. L'espace d'un instant, j'ai été à moins de cinq mètres de la divine Lady Gaga !

On n'est pas très nombreux à l'avoir approchée de si près. Et puis je ne suis pas obligée d'entrer dans les détails. Je peux aussi dire que je l'ai vue, et même qu'elle m'a serré la main et que nous avons échangé quelques mots. Un demi-mensonge qui, je le sais, en fera baver plus d'un.

Le métro est bondé. Dans la rame, je me retrouve prise en tenaille entre un gars qui pue la transpiration et une grosse dondon qui somnole, debout, un sac Tati serré contre sa poitrine généreuse.

Il va me falloir au bas mot une heure pour rentrer chez moi. Après le métro, ce sera le bus qui me déposera devant la cité Mandela.

Moi, je n'ai pas eu la chance de voir le jour à New York et d'étudier à la Tisch School of the Arts comme Lady Gaga. Non, je suis née en banlieue. Je vis en banlieue. Je bouffe banlieue. Mon lycée est en banlieue et mes amies crèchent en banlieue. Mais de toutes les manières, ça ne m'empêchera pas d'être une star, un jour, comme mon idole, je serai une vedette internationale, on viendra du monde entier pour m'admirer, ma gloire irradiera toute la cité et…

– Eh ! Poussez pas !

Une bousculade et le type en sueur en profite pour me peloter les fesses. Je le fusille du regard, mais il ne bronche pas. Il fait celui qui ne comprend pas.

– Recommencez pas, sinon… je le menace en grimaçant un rictus de circonstance.

Il sourit innocemment et hausse les épaules. Par chance, je descends à la prochaine station et n'aurai plus longtemps à le supporter.

Dehors, il s'est mis à bruiner. Le ciel est si bas que je pourrais presque le toucher en me hissant sur la pointe des pieds.

Je cours jusqu'à l'arrêt de bus et m'assois à l'abri sur le banc. Un œil à mon téléphone portable – j'ai dix minutes à tuer.

J'enfonce les écouteurs dans mes oreilles, branche mon lecteur MP3 et monte le son à fond. La voix de Lady Gaga colonise aussitôt ma cervelle et je plane. Waouh, quel pied !

Sans y penser, je fredonne les paroles à mi-voix. Je les connais par cœur, pas une ne manque à mon répertoire. Grâce à Lady Gaga, je suis bonne en anglais. C'est d'ailleurs à peu près la seule matière dans laquelle je me défends. Pour les autres, je suis plutôt nullarde. Je ne vois aucun intérêt à apprendre des maths qui ne me serviront à rien plus tard ou encore de la géo, quand il me suffit de connaître le plan du métro et les horaires de bus pour me débrouiller.

Le jour où je voyagerai pour de bon, j'aurai une limousine avec chauffeur, un jet privé et un tas de gens qui s'occuperont de moi et céderont à mes caprices.

C'est pas un fantasme à la noix, non ! N'allez pas imaginer que je me fais des plans gratis, version cinoche, et que je suis une allumée. Au contraire, j'ai tout calculé, tout prévu dans les moindres détails. Je bosse dur pour y arriver, et si je n'en suis qu'au début, il n'y a aucune raison pour que ça foire.

Le bus arrive enfin, les portes s'ouvrent, j'entre et vais m'asseoir au fond, côté vitre. Je laisse mon regard se perdre dans le vide.

Lady Gaga m'accompagne, sa musique me nourrit.

Je vis avec ma mère. Papa, lui, s'est barré quand j'avais deux ans. Je l'ai si peu connu que ça ne compte pas. Maman n'a plus jamais voulu d'homme à la maison, et je n'ai pas souvenir qu'elle ait fréquenté un autre type depuis.

Elle est technicienne de surface pour un grand groupe de nettoyage industriel. En résumé, elle est femme de ménage, ou plutôt esclave pour une entreprise qui la sous-paye.

Maman travaille le soir, à partir de dix-neuf heures, quand les bureaux sont vides, et jusqu'à minuit, des fois plus. Quand elle rentre après une heure du matin, elle doit prendre un taxi avec une ou deux collègues et la course est pour leur pomme.

– Pourquoi tu te fais pas rembourser ? je lui ai demandé un jour.

– Y voudront pas, elle a répondu.

– Mais c'est pas normal ! T'es dans ton droit.

– Ce qui n'est pas normal de nos jours, c'est d'avoir un boulot et de le garder. Alors, Latifah, t'es gentille, tu te mêles de tes oignons, d'accord ?

On communique difficilement ma mère et moi. C'est plus comme c'était avant. Elle dit que je suis devenue insupportable, qu'à seize ans je suis une bonne à rien. Elle s'inquiète pour mon avenir… Elle qui n'a qu'un présent, et minable encore !

Et puis, il y a surtout que maman déteste Lady Gaga. Elle se plaint que je perds mon temps avec ces bêtises – mon temps et son argent. À plusieurs reprises, elle a menacé de me couper les vivres si je continuais à dépenser à tort et à travers.

– Tu comprends pas que c'est toi qui l'engraisses, cette traînée ! elle s'est emportée une fois.

Je ne lui ai plus adressé la parole durant une semaine complète. Lady Gaga, une traînée !

Et puis c'est pas le peu de monnaie qu'elle me donne chaque mois qui suffit à assouvir ma passion. Mais ça, elle ne s'en doute pas, cette radine. En vérité, je me débrouille comme je peux. J'ai mes plans et je sais comment m'y prendre pour me faire de la tune.

Tant qu'elle n'aura pas pigé qu'aucune négociation n'est possible au sujet de Lady Gaga, on continuera de se bouffer le nez.

Je suis arrivée, terminus, je descends du bus.

Lorsque je parviens devant le bâtiment E – j'habite au huitième étage, appartement 822 –, il y a les éternels glandeurs assis sur les marches de l'entrée : Coraz,

Ghanem, Kevin, Jennifer, Ryad, Uma et deux ou trois autres encore.

– Salut ! je dis, en grimpant les escaliers au petit trot.

– Salut, Latifah, répond le premier Coraz.

S'il croit que je n'ai pas vu son petit manège…

Coraz en pince pour moi. Manque de pot, il me fait autant d'effet qu'un plat d'endives bouillies. Pas demain la veille que je sortirai avec un mec comme lui ! J'ai d'autres ambitions, moi ! Quand il me verra à la télé ou jouer la comédie au cinéma, qu'il m'entendra chanter, oui, quand je serai la nouvelle Lady Gaga française, Coraz pourra toujours se vanter « Je l'ai connue, c'est une fille de la cité ! » et ce sera bien suffisant pour lui. Peut-être même que je m'appellerai Lady Mandela. Oui, c'est ça : *Ladies and gentlement and now… LADY MANDELA !*

Je pénètre dans le hall sans m'attarder, pour constater que l'ascenseur est encore hors service. J'en suis quitte pour me coltiner les huit étages.

Enfin arrivée sur le palier de l'appartement 822, je suis en nage, complètement vidée par la grimpette.

Je laisse échapper les clés une première fois puis une seconde, avant de réussir à ouvrir la porte. La maison est plongée dans le noir.

Maman est déjà partie au boulot.

J'ai pris une douche, écrit le mot d'excuse pour le lycée en inventant un motif bidon et signé à la place de maman. J'imite à merveille son écriture ainsi que sa signature. Quand elle lira mon relevé de notes, à la fin du trimestre, les absences y seront répertoriées, mais elle ne se souviendra pas des raisons de celles-ci et, d'ailleurs, c'est pas son problème.

Maintenant, je suis dans le salon. J'ai allumé la télé et branché le lecteur de DVD. Je possède la collection complète des œuvres de Lady Gaga en version karaoké. Le soir, comme je suis seule et tranquille, je m'entraîne. Je travaille pour mon avenir…

Aujourd'hui, c'est un peu spécial, j'ai le blues et je me sens patraque. Sûrement parce que je n'ai pas pu voir mon idole. La savoir à Paris, à quelques kilomètres de chez moi, et ne pas pouvoir l'approcher me rend malade.

Je l'avoue sans fausse honte, j'ai même pleuré, assise comme une idiote sur mon lit, la tête entre les mains. Je me suis sentie sale malgré la douche, très sale, et mes bras ont commencé de me démanger. Il a fallu que je les gratte jusqu'au sang.

Seule Lady Gaga m'a remise sur les rails. Il a suffi que je chante sur sa musique et danse dans le salon pour que ça aille mieux.

Ce soir, je suis Lady Gaga !

Je l'ai décidé, alors je m'époumone, le son à fond, et tant pis pour les voisins.

Je m'applique à reproduire au millimètre près sa chorégraphie. J'ai passé assez d'heures devant les vidéos de ses concerts pour m'en être imprégnée.

J'ai poussé le meuble et je danse.

Je danse.

Je danse.

Je danse !

À un certain moment, une énorme fringale me coupe les pattes. Plus possible de mettre un pied devant l'autre. Il faut que je grignote un morceau sinon je vais tomber d'inanition.

Je file à la cuisine.

J'ai pas mangé grand-chose, juste un bout de fromage et du pain rassis.

En revanche, j'ai eu une illumination alors que je farfouillais dans le frigo.

Un truc dingue, mais d'une telle évidence que j'ai couru dans la chambre de ma mère. J'ai mis sens dessus dessous sa boîte à couture, ai finalement trouvé ce que je cherchais et suis retournée sans rien ranger dans la cuisine.

Je ne sais pas depuis combien de temps je danse et chante. Je ne sens même plus mon corps. J'ai l'impression de léviter au-dessus du sol.

Je suis belle ! Je suis magnifique !

Je n'ai de cesse de me contempler dans le miroir accroché au-dessus du canapé. Je n'en reviens pas ! Lady Gaga danse dans le salon de mon appartement !

Les voisins ont cogné contre les murs, mais je m'en fous. Ils ne comprennent rien à rien. Comment leur expliquer que Lady Gaga est ici, que je suis elle et qu'elle est moi ?

Fin du DVD, il faut que j'en change, rapidement ! Le silence est assourdissant et je ne veux surtout pas que Lady Gaga s'en aille. Je fais aussi vite que je peux. Ouf ! la musique reprend et mon cœur bat à nouveau.

Je vais me reluquer dans la glace, et fort heureusement presque tout a tenu…

Les tranches de jambon, que j'ai cousues avec du fil en le dédoublant, sont posées sur mes épaules, à la manière d'un châle. Le gras de la couenne reluit joliment.

Dans la ceinture de mon pantalon, j'ai coincé des tranches de steak que j'ai fait décongeler au micro-ondes. Maman en achète toujours par dix pour avoir de l'avance et profiter des promotions. Du sang a dégouliné jusqu'aux genoux, mais je trouve que c'est du plus bel effet.

Sur ma tête, maintenue par des épingles à cheveux fichées dedans, une basse côte de forme triangulaire me sert de chapeau.

Je suis superbe ! Je suis Lady Gaga !

Et me voilà repartie pour danser et chanter à nouveau pendant des heures.

J'éteins toutes les lumières. Seule la télé illumine la pièce.

– Lady Gaga ! Lady Latifah ! Lady Gaga ! hurle la foule en délire.

Oui, oui, oui, encore, encore…

– Lady Latifah ! Lady Gaga ! Lady Latifah !

Soudain le charme est rompu. Le plafonnier du salon s'allume subitement. Je suis aveuglée. Mes repères disparaissent.

Je suis en nage, dégoulinante de transpiration et de sang de bœuf mêlés. Mon châle en tranches de jambon se délite. Il tient à peine sur mes épaules. Mon chapeau-basse côte est retombé sur le côté et n'est plus retenu que par une épingle.

Je me retourne vivement. Mes yeux piquent. Je vois trouble. Et c'est dans un brouillard quasi total que je devine maman, debout dans l'encadrement de la porte du salon.

Elle a lâché le sac en toile dans lequel elle range sa blouse et ses chaussons de travail. Elle me regarde, sans pouvoir décrocher un mot, la bouche légèrement entrouverte.

Lady Gaga achève sa chanson sous les applaudissements des spectateurs et un feu d'artifice de spots en fusion.

Maman esquisse un geste, mais ne va pas plus loin.

Les applaudissements n'en finissent pas.

Je ne sais pas ce qu'il me passe alors par la tête. Sans réfléchir plus longtemps, seule face à ma mère, je salue un public invisible.

La tranche de basse côte glisse vers l'avant. Comme au ralenti, je la vois passer devant mes yeux et tomber à mes pieds.

Collège Mandela

Ils sont vautrés sur les sièges. Quelques-uns, la tête entre leurs bras croisés sur la table, terminent leur nuit. La majorité jacasse, se vanne ou simplement se gratte les croûtes d'une acné juvénile galopante.

Ils débutent leur journée de collégiens, pareille à des dizaines d'autres, englués dans les replis d'une adolescence que chatouillent les poussées hormonales. Volcans en éruption, au point que la plupart des filles s'habillent outrageusement sexy. À se demander si les parents sont aveugles ou inconscients.

Les garçons, eux, ne sont pas en reste. Un grand nombre arbore des crêtes de coq qu'un gel durcisseur englue en empestant la noix de coco. Des jeans bas-du-cul laissent entrevoir leurs fesses gainées dans des boxers à larges bandes élastiques tatouées au nom d'une marque à la mode. Des baskets délacées, des piercings et des T-shirts douteux parachèvent de relooker ceux qui sont, en principe, des élèves. Sorte d'argonautes des temps modernes qui mènent leurs barques avec pour compas la télévision, les jeux vidéo, YouTube, Facebook et les téléphones portables.

Autant dire des concombres de mer, des petits morveux que le règlement m'interdit de baffer ou, mieux, de massacrer à coups de manuels scolaires jusqu'à ce que mort s'ensuive ou qu'ils comprennent enfin ce qu'est un accord du participe passé !

Parfois, je me pose la question de savoir ce qui, il y a trois ans, m'a fait demander ma mutation dans cet établissement. Le collège Nelson-Mandela, du même nom que la cité qui le jouxte. Ou bien je ne le sais que trop bien. Je le dois à mon côté Mère Teresa des banlieues additionné à un divorce difficile. J'ai dû penser qu'un nouveau poste en zone prioritaire ainsi qu'un nouveau défi pédagogique seraient en mesure de me changer les idées.

Au début j'y croyais dur comme fer, j'avais une mission, un témoin à passer – en vérité j'y crois encore, presque malgré moi, sinon je ne serais plus là.

– Un peu de calme, s'il vous plaît !

J'aurais eu davantage de réactions avec un troupeau de vaches avant la traite.

– Kevin, tiens-toi correctement, veux-tu !

– Comment qu'elle me cause, la prof…

– Encore un mot, et je te mets trois heures de colle !

– Mais m'dame, c'est pas juste, l'a rien fait Kevin…

– Ryad, occupe-toi de toi.

– V'zavez mal dormi, m'dame ?

– Jennifer, tu…

Soudain, je sens sur mes épaules le poids de plus de vingt ans d'enseignement, et j'envisage durant un quart de seconde la possibilité d'aller planter des patates dans une campagne reculée, à l'abri des ricanements qui montent maintenant de la salle de classe.

Mais je n'ai guère le temps de me perdre dans mes fantasmes maraîchers, car déjà mes troisièmes risquent de s'engouffrer dans la brèche de mon hésitation.

Le problème demeure pourtant entier, *Jennifer tu fais quoi ?*

J'ai bien une vague idée des sévices à administrer à cette petite sotte plus maquillée qu'une voiture volée, qui cultive la vulgarité à égalité avec l'inculture dont elle se vante comme d'un titre aristocratique. À son extraordinaire sottise, qu'elle élève au rang d'un art, s'ajoute un sourire niais qui enlumine ses lèvres peinturlurées d'un rouge outrancier.

– Puisque c'est comme ça, prenez tous une feuille ! Interrogation écrite !

La phrase qui tue. Le missile anti-pédagogique par excellence, mais ce matin je n'ai pas d'autres munitions en réserve.

Une salve de lamentations en crescendo, mitigée de grognements porcins, accompagne mon tir de barrage, qui présente néanmoins l'avantage de me laisser deux heures d'une relative tranquillité.

– Vous ouvrez votre manuel de français à la page cinquante-deux et vous commentez le texte d'Émile Zola qui s'y trouve. Le devoir sera noté et comptera pour la moyenne de ce trimestre.

Récriminations et suppliques indignées tentent d'infléchir ma décision, mais je reste de marbre.

Je n'ai jamais compris pourquoi les notes ont tant d'importance pour eux. Peut-être sont-ils récompensés en jeux vidéo ou en heures de portable gratuites dès qu'ils dépassent la moyenne ?

Comment se fait-il que la note, le plus souvent un seul chiffre compris entre 0 et 5, ait un tel pouvoir sur eux ? Pouvoir qui, pour ma part, m'échappe totalement. Je peux les menacer, leur prédire un avenir de misère, les engueuler ou les coller, la note jouit d'une aura sans partage.

– M'dame, m'dame, je m'sens pas bien…

– Qu'est-ce que tu as Glad ?

– J'sais pas, faudrait que j'aille à l'infirmerie, m'dame.

– Tu n'aurais pas une *Zolatite* aiguë, par hasard ?

Ma plaisanterie tombe à plat, tandis que Glad se tord d'une douleur que je sais feinte.

– M'dame, z'êtes raciste, ma parole !

L'attaque vient du côté gauche. Octavie prend la défense de Glad qui, comme elle, a la peau noire.

– Ouais, c'est vrai ça, m'dame, c'est parce que vous aimez pas les Blacks !

– Pis les Arabes aussi ! renchérit Mohamed que tout le monde appelle Mao.

– Pas de Martiens parmi vous ?

Un bref silence, le temps qu'ils digèrent mon humour au quatrième degré, avant qu'un brouhaha réprobateur n'enfle et qu'un porte-parole n'exprime l'indignation de la classe.

– Faut pas plaisanter avec les races, m'dame…

– Les races n'existent pas, Yacine, nous sommes tous des humains aux origines différentes…

Afin de ne pas les troubler davantage, je résiste à l'envie de leur rappeler que nous sommes des animaux, des mammifères dits supérieurs – *supérieurs*, ce dont je doute parfois.

– Nous prenez pas pour des débiles du cerveau, m'dame. On sait très bien de quoi vous faites allusion…

Uma, la reine de la syntaxe, entre en piste.

Grande, forte, les joues bien remplies, Uma fait office de gardienne des traditions. Une espèce de chaman féminin dont les avis ont force de loi. Même les garçons la respectent. On l'a vue un jour, dans un couloir, assommer à coups de sac à dos un multi-redoublant de dix-sept ans, plus barbu qu'un bouc, pour une simple histoire de rumeur qu'il faisait courir sur elle et dont nous n'avons jamais su, nous les profs, la teneur exacte.

– Que veux-tu dire par là, Uma ?

– Qu'est-ce c'est que j'veux dire, m'dame ?

– Oui, Uma.

– J'veux dire *que* la vérité ! Sur la tête de ma mère !

Les élèves font bloc derrière elle, certains applaudissent à sa réplique qu'ils doivent juger insurpassable.

Un réflexe grégaire qui soude entre eux les jeunes de la cité Mandela. Je les ai, un jour, entendus entonner un chant guerrier dans la classe d'un collègue : « Tous ensemble ! Tous ensemble ! Tous ! Tous ! » qu'ils psalmodiaient à tue-tête avant de conclure par un haka à la façon des All Blacks. Ce que nous raconta plus tard le professeur, qui avait opté pour une sage et prudente retraite dans le bureau de la vie scolaire.

Il ne faudrait tout de même pas que mon interrogation surprise vire à la mutinerie et que, à mon tour, je doive abandonner le champ de bataille.

La question délicate est la suivante : dois-je risquer de décapiter sa mère en expliquant à Uma que sa vérité est plutôt obscure et embrouillée ?

Je pousse un soupir résigné, avant d'appeler à ma rescousse le grand Blaise Pascal, le citant solennellement à l'intention d'une Uma remontée par la solidarité de ses coreligionnaires :

– « La vérité est si obscurcie en ces temps et le mensonge si établi, qu'à moins d'aimer la vérité, on ne saurait la reconnaître. »

Stupeur générale. Les mâchoires se décrochent. Des bribes de conversations volent en éclats, brisées net par mon intervention. Je suis la cible de dizaines d'yeux.

Cette fois, j'en suis convaincue à leurs regards hallucinés, ils me prennent définitivement pour une folle.

La sonnerie de la fin des cours retentit. Je demande à Redwan de ramasser les copies et aux autres de sortir en silence quand ils ont rendu la leur. Certains me sourient en passant devant mon bureau, d'autres font la tête par principe. En vérité, ce sont pour la plupart de braves gamins et j'ai un peu honte de les juger parfois trop rapidement.

J'en suis là de ma réflexion quand Redwan me tend la liasse des copies. Je vois bien qu'il veut me parler, mais hésite.

– Qu'est-ce qu'il y a, Redwan ?

– Madame, vous allez pas vous fâcher si je vous dis quelque chose ?

– Mais, non vas-y, je t'écoute.

– Faut pas tout croire à ce qu'on dit, madame…

– Comment ça ?

– En fait, v'z'êtes vachement cool !

Et mon Redwan, rouge comme une pivoine, qui s'enfuit comme s'il venait de me déclarer sa flamme.

Un heureux événement

Un lampadaire sur deux est cassé, il est bientôt deux heures du matin et je rentre d'une soirée chez Ryad.

D'habitude, impossible de rester si tard, pas la permission. Comme si à quinze ans j'étais encore un gamin incapable de se prendre en charge. J'envie mon pote Ryad, qui peut inviter ses copains jusqu'à pas d'heure sans rendre de comptes.

Depuis mercredi pourtant, c'est la fête ! Je suis libre comme l'air !

Mes sœurs sont chez une tante à Bezons-je-sais-pas-trop-quoi, en province, chez les ploucs, parce que mes parents sont partis à l'enterrement de mon arrière-grand-père paternel au Cameroun. Je ne le connais qu'en photo, l'ancêtre, une sorte de grand gourou familial, et mes vieux n'ont pas eu d'autre choix que d'y aller.

Alors, bingo ! Ils sont absents pour la semaine – lâchez le fauve !

S'ils ont accepté de me laisser seul à l'appartement, c'est à cause du collège. Je suis en troisième, année du brevet, qui revêt une importance quasi surnaturelle pour mon père, lui qui est diplômé de l'école internationale de la rue. Je n'ai donc pas eu beaucoup de difficultés, en promettant tout ce qu'ils voulaient et même plus, pour les convaincre de partir sans m'extrader vers cette lointaine tante.

– Tu ne feras pas de bêtises, hein Glad ? m'a demandé maman en préparant les bagages la veille de leur départ.

– T'as pas intérêt, tu piges ? a renchéri mon vieux.

Le jour J, je les ai aidés à charger les valises dans la voiture de M. Bouba, un ami de papa. Quand ils ont disparu en quittant la cité pour l'aéroport, j'ai poussé un cri de joie :

– Yeah !

Et me voilà ce soir, peinard, qui rentre à l'appartement.

Je pénètre dans le hall d'entrée sans prendre la peine d'allumer, et je gravis illico presto les escaliers jusqu'au sixième.

Je bâille de fatigue à m'en décrocher les mandibules quand, sur notre palier, je trébuche sur Mme Diarra, assise dans l'obscurité le dos contre le mur, recroquevillée sur elle-même, la tête enfouie dans ses bras croisés sur ses genoux repliés.

Qu'est-ce qu'elle fout là ? je me dis. Je ne suis même pas certain qu'elle m'ait vu.

– Heu... Madame Diarra ?

Pas de réponse.

C'est bien ma chance. Jusque-là, tout roulait comme sur des roulettes. J'allais me pieuter sans me déshabiller et me réveiller demain matin pour m'apercevoir que j'avais raté le bahut. Le pied intégral. Et voilà que la voisine m'oblige à changer mes plans.

– Madame Diarra ? je répète un peu plus fort.

Toujours pas de réponse.

J'appuie sur l'interrupteur. La lumière nous éclabousse, sans pour autant susciter une réaction chez ma voisine.

Les Diarra ont emménagé il y a trois mois. On les voit peu. La seule certitude que nous avons est que son mari boit. Mon père m'a demandé de ne pas entretenir avec eux de rapports autres que de simples politesses. « Le mari est un poivrot », a dit papa, et c'était comme la sentence d'un juge le condamnant à mort.

– Madame Diarra ?

Je m'accroupis.

– Quelque chose qui ne va pas ?

Si elle ne dit rien, je me casse.

C'est exactement ce que je m'apprête à faire, quand elle relève le menton. Ce n'est pas un visage que je découvre alors, mais un champ de mines. Elle a dû pleurer toutes les larmes de son corps.

– Madame Diarra, il est arrivé quelque chose ?

Elle renifle bruyamment. La morve, qui avait glissé sur sa lèvre supérieure, remonte aussitôt et je me sens gêné d'assister à un tel spectacle.

– C'est mon mari… elle hésite, d'une voix caverneuse.

Je jette un œil à la porte d'entrée de son appartement – fermée.

– Votre mari ? je la relance, sinon nous sommes là jusqu'à l'aube.

– Il m'a mise à la porte. Il a… il a…

– Bu.

Je termine sa phrase, mais suis soudain embarrassé par ma précipitation.

Et si je me trompais ? Il a peut-être eu une envie pressante de se débarrasser de sa femme, qui, je le précise, est enceinte de huit mois.

Je me souviens que maman, quand elle attendait ma dernière petite sœur, n'était pas des plus faciles à vivre. Papa le lui reprochait d'ailleurs assez souvent. Mais de là à la propulser sur le palier en pleine nuit…

– Oui, concède-t-elle.

J'ai un peu honte d'avoir vu juste et d'en être soulagé.

– Peut-être qu'il est calmé maintenant ? je hasarde.

Proposition purement égoïste. Je bâille une nouvelle fois de sommeil sans pouvoir me retenir.

– Il a dit que si je frappais encore une fois à la porte et le dérangeais, il me tuerait.

Mme Diarra ne fait rien pour me simplifier la vie.

Deux questions se posent alors à moi : 1) la tuerait-il pour de vrai ? 2) si oui, quelle serait ma responsabilité ?

La lumière s'éteint et je ne fais rien pour la rallumer. Je n'ai pas envie de voir sa figure de pomme blette me supplier – mais de quoi ?

Pourtant, je ne peux pas laisser ma voisine enceinte jusqu'aux yeux sur le palier et dans le noir.

– Madame Diarra ?

Son regard pèse sur moi.

– Venez chez nous… Au moins pour cette nuit, je précise.

– Je ne sais pas, Glad, si tes parents…

Elle connaît mon prénom, ce qui me procure un insolite petit pincement au cœur. J'avais déjà remarqué combien ma voisine était mignonne et, je l'avoue, ne m'était pas indifférente, même si nous avons sûrement dix ans d'écart.

– Madame Diarra…

– Corinne.

– Corinne ?

– Appelle-moi Corinne, s'il te plaît, Glad.

– Corinne… dis-je d'une voix hésitante, mes… mes parents sont absents. Venez, je vous aide.

Je lui tends un bras. D'une main, elle l'agrippe et prend appui dessus pour se relever.

Nous marchons jusqu'à ma porte d'entrée. Elle, de la manière pataude qu'ont les femmes qui attendent un enfant, tandis que moi, je n'en mène pas vraiment large…

Et si son mari ouvrait et me voyait conduire sa femme chez moi ? Il serait capable, embrumé qu'il doit être dans les vapeurs d'alcool, de me trucider.

J'accélère le déverrouillage de la serrure, ouvre la porte, pousse presque ma voisine à l'intérieur et referme à double tour derrière nous.

Mme Diarra crie, alors que je lui prépare une boisson chaude à la cuisine :

– Glad ! Il arrive !

Mon Dieu ! Mes jambes ont failli me lâcher. Son mari a forcé notre porte d'entrée et me cherche pour me faire la peau !

Aussi stupide que cela puisse paraître, je reviens dans le salon avec un couteau à viande dans la main, le cœur au bord des lèvres et l'estomac dans les talons.

– Il est où ? je demande, avant de remarquer la position absurde et obscène de la voisine : jambes écartées, genoux fléchis, devant le canapé, les mains en étai sur les coussins et les vêtements débraillés.

Mme Diarra ne voit pas ou fait semblant de ne pas voir le couteau.

– Le bébé… Il arrive !

La seconde d'après, je regrette que ce ne soit pas le mari. Se battre, même avec un homme plus fort que moi, me paraît bien moins compliqué que d'affronter un nouveau-né.

– J'appelle les pompiers !

Je hurle sans m'en rendre compte, et me précipite sur le téléphone pour composer le 18.

Pendant ce temps, j'entends Mme Diarra, Corinne, respirer comme un petit chien. Je sais ce que ça signifie.

Maman, à la maternité, pour mes sœurs, a fait pareil. Et si les pompiers ne se magnent pas, la voisine va pondre son œuf sur la moquette de notre appartement.

– Allô ! Oui, euh… bonjour… euh… bonsoir… oui… non… pardon… voilà… je… ma voisine… elle… elle accouche chez moi… oui, c'est ça… euh… dans le salon…

Je ne suis pas très clair dans mes explications. Les idées un peu chamboulées par les événements, je bafouille pas mal.

– Comment ? Oui… Cité Mandela… Bâtiment E…

Corinne Diarra, en bande sonore dans mon dos, halète de plus belle.

– Quoi ! Mais, non c'est pas une blague… Oui, ma voisine, madame Diarra…

Plus j'explique et plus je m'empêtre.

– Quoi ? Je… Mais… Vous rigolez… Allô ! Allô !…

Il n'y a plus que le son aigre de la ligne en dérangement dans l'écouteur. Les pompiers m'ont raccroché au nez.

– Qu'est-ce qu'il se passe ? demande Mme Diarra.

– Ils ne m'ont pas cru… Ils craignent un piège…

– Un quoi ?

Elle me fixe avec des yeux comme des soucoupes, les pupilles très dilatées certainement par la souffrance.

– Ils disent qu'ils se font caillasser à chaque fois qu'ils viennent dans la cité et que je n'ai qu'à vous amener aux urgences. Ils… ils refusent de se déplacer.

– T'as le permis ?

Non contente d'accoucher chez moi, Mme Diarra a perdu la boule – le permis à quinze ans !

– Vite, vite ! Va me chercher une bassine !

Je fonce comme un dingue à la salle de bains et en ramène une. Elle la glisse sur-le-champ sous elle.

Tout le bas de son corps est exposé – nu. Elle m'ignore totalement, concentrée sur l'instant présent : son bébé qui arrive !

– Madame Diarra… ça va ?

Pourvu qu'elle me dise que oui, ça va. Le tableau surréaliste que j'ai devant moi ne va pas tarder à me faire tourner de l'œil.

– Aide-moi, Glad ! Va chercher des serviettes propres…

– Oui… Mais il ne faudrait pas appeler des secours ?

– Mon mari ? Monsieur Maurice ?

Je vois avec stupéfaction que Corinne Diarra garde un certain sens de l'humour.

M. Maurice Sordeaux, le plus vieil habitant de l'immeuble, l'un des premiers, n'aime personne, encore moins les Noirs, les Arabes et tout ce qui n'est pas sa copie conforme. Comment est-il encore en vie, entouré qu'il est de cannibales et d'égorgeurs ? Je suppose que pour lui, ce doit être un mystère.

Quant au mari de Mme Diarra…

– Pas le temps… Il est là, dit-elle sobrement.

Et cette fois, c'est la vérité !

Je vois apparaître entre ses jambes ce qui ressemble à une tête. Il y a aussi quantité de matières qui tombent dans la cuvette, et je me détourne, au bord de la nausée.

– Les serviettes ! ordonne Mme Diarra.

Trop content de quitter la pièce, je file à la salle de bains où je m'attarde afin de me requinquer un chouïa.

– Les serviettes ! Qu'est-ce que tu fais ? Dépêche-toi, Glad !

Je reviens dans le salon sans savoir ce qui m'attend. Et pour le coup je ne suis pas déçu…

Le visage de Mme Diarra est cramoisi. Ses traits sont déformés par la douleur. En plein travail, elle pousse. Marque une pause. Pousse. Pause. Pousse. Pause. Pousse…

Ça dure une éternité, quand soudain :

– Il passe ! Prends-le dans une serviette, vite !

À qui s'adresse-t-elle ?

– Glad !

À moi.

Ensuite je ne sais plus…

Pour résumer : le bébé naît, je le récupère dans une serviette, en sang, mais ça doit être dans l'ordre des choses. Il est relié à sa mère par le cordon ombilical, et je fais mon possible pour ne pas regarder.

Je suis à genoux devant ma voisine, qui semble plus détendue.

– Il faut que je m'allonge, soupire-t-elle.

Moi aussi, il faudrait, mais je ne le dis pas.

J'ai suivi le mouvement, ne sachant pas trop jusqu'à quel point un cordon ombilical est extensible, ni à quoi il est relié – à l'intérieur, je veux dire.

Une fois sur le canapé, elle tend les bras vers moi.

– Donne-le-moi.

Je ne me fais pas prier. Je pose sur son ventre le nouveau-né. Elle l'entoure et l'embrasse sur son crâne dégarni et gluant. Je remarque qu'il respire normalement, mais qu'il n'a pas encore crié. Est-ce normal ?

– Appelle le Samu, dit la mère. Il faut qu'ils coupent le cordon et m'amènent à l'hôpital.

Je m'exécute, tandis que Mme Diarra parle doucement à son fils. Oui ! c'est un fils, le doute n'est pas permis, même sans avoir fait d'études de médecine.

– Allô ?

Petite musique. Une voix enregistrée demande de patienter. Et quand l'opérateur prend enfin la ligne, le bébé se met à hurler à pleins poumons.

– Allô !... S'il vous plaît... Écoutez-moi...

Je relate de mon mieux la situation. L'homme au bout du fil me répond que la cité Mandela présente des dangers. Il veut des assurances. Alors je rapproche le combiné du bébé qui braille, et de Mme Diarra qui, d'une voix épuisée, le supplie de me croire.

– D'accord. J'envoie une équipe, finit-il par concéder. Pour le cordon, n'y touchez pas, le médecin va s'en charger. Quel étage, vous avez dit ?

Je donne nos coordonnées précises et raccroche.

Jamais je ne me serais cru un jour aussi fier de moi.

De la fenêtre du salon où je suis resté pour guetter l'arrivée du Samu, j'entends la sirène avant d'apercevoir le véhicule des secours, gyrophares allumés.

L'aube déjà, et je n'ai pas vu l'heure filer. Je commence seulement de ressentir la fatigue, jusque-là je tenais sur les nerfs.

L'ambulance déboule bientôt et se gare devant l'entrée. J'ouvre la fenêtre à l'instant où un homme vêtu d'une blouse blanche en sort.

L'air frais me fouette agréablement le visage. Je souris – finis les ennuis et j'aurai une excuse valable pour louper les cours.

Je tends un bras que j'agite pour me signaler. Dans la foulée, je crie aussi fort qu'il m'est possible :

– Eh ! Oh ! C'est ici ! On est là ! Eh ! Oh ! Ici ! Sixième étage !

L'homme lève la tête vers moi, esquisse un signe, mais se fige soudain.

Mon bras s'immobilise aussi et, comme dans un cauchemar, à la seconde même, je vois passer à quelques centimètres de ma main une boule de pétanque que quelqu'un vient de lancer des étages supérieurs. D'en bas, c'est certain, on pourrait croire que je suis le lanceur.

J'assiste impuissant à sa chute, jusqu'à ce qu'elle atterrisse sur le toit de la voiture dans un bruit infernal de ferraille, que l'homme à la blouse blanche se jette littéralement dans l'habitacle et que l'ambulance démarre sur les chapeaux de roues.

Honecker

Tout est de la faute de Lionel, un copain musicos qui joue du saxophone dans un groupe de jazz semi-professionnel à Paris.

– Tu devrais essayer une chorale...

M'a-t-il dit, un soir de blues où je lui confessais mon ras-le-bol et la lassitude que je ressentais devant le peu de moyens que j'avais et, en conséquence, les résultats minables que j'obtenais. Résultats que la mairie, par la voix de son premier édile, me reprochait, menaçant de mettre un terme à mon contrat à la fin de l'année.

Mon dernier échec avait été le plus retentissant de ma carrière d'éducateur en zone défavorisée, et plus spécialement rattaché à la cité Nelson-Mandela.

J'avais mis au point une rencontre sportive, un match de football, entre les jeunes de la cité et les membres de la police municipale.

Une rencontre amicale, en apparence, qui s'était déroulée au stade Zinedine-Zidane – tout récemment inauguré en présence de la star – devant un parterre de notables et quelques familles venues encourager leurs rejetons en crampons.

L'équipe des jeunes avait rapidement mené au score de un puis deux puis trois buts à zéro, surclassant haut la main des policiers municipaux poussifs et sans réels talents footballistiques.

Le score en était là quand, au début de la deuxième mi-temps, un brigadier, particulièrement furibard de se voir ridiculiser par des gamins, s'en était pris à la seule fille de l'équipe adverse, Uma – par ailleurs excellente dans son rôle d'ailier gauche –, en la bousculant brutalement une première fois, puis en la taclant dangereusement une seconde, au risque de la blesser à la cheville. Une altercation s'en était suivie, entraînant mots doux, gestes grossiers, jusqu'à ce que la victime, Uma, se jette sur le brigadier et lui plante ses crocs dans le gras du bras.

Le reste n'avait été qu'une échauffourée brouillonne sur le terrain et une retraite prudente des notables, qui avaient quitté les gradins comme une volée de moineaux effarouchés.

Le lendemain, je me retrouvais dans le bureau du maire, qui me passait un savon et m'informait que le brigadier avait un arrêt de travail temporaire de deux jours, mais que, sur ses recommandations, il ne porterait pas plainte afin de ne pas envenimer le climat dans la cité…

– La musique adoucit les mœurs, t'es au courant, Gilles, non ?

– C'est vite dit avec mes zigotos, ai-je rétorqué à Lionel. Et puis, je vois mal les jeunes de Mandela chanter l'*Ave Maria* en robe de bure, les mains jointes sur la poitrine. Côté enfants de chœur, on a déjà fait mieux !

Lionel a ri en s'imaginant le tableau, et j'avoue que de le voir hilare m'a fait du bien.

– Je te donne un coup de main si tu es d'accord, a-t-il généreusement proposé.

– Tu sais pas dans quelle galère tu vas te fourrer ! De plus, j'ai pas un rond pour te payer. Tu sais, les budgets…

– T'en fais pas pour le pognon, m'a rassuré Lionel. Ce sera gratis pour toi. Tu me paieras un resto si tu veux. En ce moment c'est plutôt le calme plat en ce qui concerne le groupe. En fait on est en train de se séparer… Je t'avoue aussi que l'aventure me tente. Je suis certain qu'en grattant un peu, on doit pouvoir tirer quelque chose de bien de tes mômes.

Voilà comment l'histoire a débuté, avec un pote musicien et moi, qui n'avais que ma bonne volonté en bandoulière et la peur au ventre de perdre mon job à cause du désastreux match de foot.

J'ai placardé des affichettes dans les halls de tous les immeubles, appelant les volontaires à participer à un atelier musical animé par un « célèbre » musicien français – sans préciser qu'il s'agissait d'une chorale, pour ne pas risquer d'entrée un fiasco. Aucun des jeunes ne devait connaître Lionel, mais il fallait bien les appâter un peu. J'avais ajouté en bas et en italique : *nombre de places limité*, afin de créer artificiellement la pénurie et de susciter l'envie.

Le rendez-vous était fixé au mercredi soir à 18 heures à la MJC, en face de la cité, soit dans exactement dix jours.

Au cours de la semaine et au début de la suivante, j'en parlais à tous les ados que je croisais, obtenant dans le meilleur des cas un poli « on verra, mec » pas vraiment encourageant.

Ce fameux mercredi soir, Lionel et moi attendions anxieusement nos futurs stagiaires.

À 18 heures, personne.

Quinze minutes plus tard, nous doutions franchement de notre projet, seuls dans une salle de la MJC qui sentait le chien mouillé, quand la porte s'est ouverte et que Honecker est entré…

Il faut dire un mot sur Honecker avant de continuer.

Honecker a dix-sept ans et vit chez ses parents, dans un appartement du rez-de-chaussée du bâtiment E de la cité Mandela. On le voit rarement, parce qu'il ne sort quasiment jamais de chez lui. Déscolarisé, il s'occupe de sa mère dépressive et va parfois aider son père qui est déménageur intérimaire.

Honecker est un garçon différent. Les gars de la cité disent « pas fini » ou encore « bercé trop près du mur ». Quand il était plus jeune, ces derniers s'en prenaient à lui et en avaient fait leur souffre-douleur. Mais comme Honecker ne résistait pas et conservait son éternel sourire niais en travers de sa trogne ébahie, ils avaient fini par s'en désintéresser.

Il ne faut pas me demander pourquoi ni qui l'a surnommé le premier Honecker, je ne saurais répondre à ces questions. Peut-être est-ce à cause de ses gigantesques lunettes qu'il porte sur le nez et qui ressemblent à celles de l'ancien dictateur de l'Allemagne de l'Est, Erich Honecker. Mais je doute que les mômes d'ici aient de telles références. Donc le mystère reste entier…

Quant aux services sociaux, ils attendent avec fatalisme que Honecker ait atteint sa majorité pour le rayer de leur liste et ne plus avoir à visiter la famille, ni devoir écrire des rapports aussitôt classés et oubliés.

Au fil des années, Honecker est devenu si transparent que plus personne ne fait attention à lui.

– Euh… Honecker ? Tu… tu viens pour l'atelier musical ?

Ma question devait être comique, car Honecker s'est fendu de son plus beau sourire et a secoué la tête de haut en bas avec un enthousiasme déconcertant.

– C'est qui ? m'a demandé Lionel.

– C'est… C'est Honecker… Un…

Ce soir-là, les mots m'ont manqué pour définir le personnage, et Lionel, perplexe, s'est avancé pour lui serrer la main. Honecker a fait un bond en arrière et a poussé un petit cri aigu qui a stoppé net mon ami dans son élan.

– Qu'est-ce qu'il a ?

– C'est Honecker…

A été la seule explication que j'ai pu lui fournir.

Honecker se tenait en retrait, la tête baissée. Il fixait ses pieds comme s'il calculait la distance entre eux et le bout de son nez.

– Je t'expliquerai plus tard, Lionel.

Puis, m'adressant à Honecker :

– Tu sais, mon grand, je crois qu'on va remettre l'atelier, il n'y a que toi, et pour une chorale…

J'espérais le dissuader, si jamais le mot chorale avait un sens pour lui. Mais, au contraire, Honecker a relevé le menton et m'a jeté un regard plein de ferveur, m'a-t-il semblé, quand soudain la porte s'est à nouveau ouverte.

Kevin et Julia ont fait leur apparition.

– C'est ici l'atelier musical ? s'est enquis Kevin.

– Oui, c'est ici, a répondu, jovial, Lionel, trop heureux d'accueillir de nouvelles recrues. Vous êtes les bienvenus. Avec Honecker, vous êtes trois maintenant, c'est toujours un début…

Julia a regardé Honecker, puis Kevin, et a dit :

– Si y vient, moi j'me casse. J'veux bien t'faire plaisir Kevin, et t'accompagner parce que t'es un trouillard, mais si Mister Maboule en fait partie…

Elle n'a pas eu le temps de terminer sa phrase. Lionel, croyant bien faire et les convaincre de rester, s'est écrié :

– Chorale ! Ce sera une chorale !

– Une quoi ? s'est étouffé Kevin.

– C'est lui, la célébrité ? a douté Julia en faisant une moue qui en disait long sur sa perplexité.

– Attendez… ai-je tenté, sans savoir où ça me mènerait.

– Ciao ! a lancé Julia en se retournant.

C'est à cet instant précis que Honecker a fait des siennes.

La nouvelle s'est répandue dans la cité. L'événement n'était pas mince. Colporté par Kevin et Julia, il avait d'abord suscité un énorme éclat de rire général. On les avait d'abord charriés, puis menacés de leur faire une tête au carré si jamais c'était un de mes coups tordus pour les rallier à la chorale.

La chorale ! Ils n'en croyaient pas leurs oreilles. Comment avais-je pu avoir une idée aussi… aussi stupide, et avec Honecker, en plus !

Le mercredi soir suivant, nous étions une vingtaine à 18 heures pétantes, mais pas trace de Honecker. Vingt minutes plus tard, je sonnais chez lui et son père m'ouvrait.

– Votre fils ne vient pas à la chorale ?

Je n'avais même pas pris le temps de dire bonsoir. Je devais faire vite. Une bande d'excités menaçait de faire la peau à Kevin et Julia à défaut de s'égosiller dans une chorale. Lionel tentait de les calmer en jouant du saxo, mais je doutais qu'il y parvienne encore très longtemps.

– Quelle chorale ? a questionné le père.

– L'atelier de musique…

– J'sais pas… Julien ! Julien, bon sang, viens voir un peu ici !

Julien est le vrai prénom de Honecker.

Celui-ci est arrivé, vêtu d'un pyjama ridicule, qui avait dû appartenir à son arrière-grand-père.

– T'avais atelier de musique, ce soir ?

Le père a aboyé plutôt qu'il n'a parlé. Les épaules larges comme une armoire à glace, j'ai eu soudain peur qu'il ne frappe son fils.

– Ce n'est rien, ça arrive. Ce n'est pas grave. Honec… Julien viendra la prochaine fois…

– Tu t'habilles et tu suis monsieur. Et plus vite que ça, sinon je te fous mon pied au cul !

Le père de Honecker s'est retourné vers moi et m'a demandé d'attendre ici, son fils allait m'accompagner.

Je n'ai pas eu le temps de le remercier, qu'il m'a refermé la porte au nez.

Quand nous sommes arrivés, Honecker et moi, à la MJC, Lionel soufflait comme un beau diable dans son instrument, tandis que Kevin et Julia n'en menaient plus très large.

– Ah, v'là Honecker ! s'est écrié un des jeunes présents. Zyva mon pote, fais-nous ton numéro !

Honecker s'est caché dans mon dos, et j'ai senti une onde de mécontentement parcourir l'assemblée. Lionel n'avait pas desserré les lèvres de l'embouchure de son saxo, prêt à repartir pour un solo pacificateur.

– S'il te plaît, Honecker…

Ma voix était suppliante.

Honecker m'a regardé, il a souri et le miracle s'est reproduit.

Nous n'avons pas pu tous venir, mais je suis certain qu'une grande majorité des jeunes de la cité sera devant la télé le jour de la diffusion.

C'est grâce à l'un d'eux que nous sommes ici, les parents de Honecker, Lionel, moi… et monsieur le maire de la ville, pour qui je suis devenu le messie et qui ne jure que par moi ces derniers temps.

Petite précision importante, mon contrat a été renouvelé – et pour une durée indéterminée.

C'est Karim qui a filmé avec son téléphone portable la prestation de Honecker ce fameux mercredi soir, puis qui l'a postée sur Internet. C'était il y a plus de onze mois, alors que quatre cent douze mille trente-trois internautes ont visionné la vidéo et qu'une bonne moitié ont *liké*, laissant pour certains des commentaires dithyrambiques.

Aujourd'hui, Honecker est méconnaissable, relooké par des stylistes et maquillé par des professionnels. Il est connu à travers toute la France sous ce nom : *Honecker*. Ses imposantes lunettes, qui lui mangent la moitié du visage, sont sa marque de fabrique et font l'objet de nombreux produits dérivés – T-shirts, pin's, autocollants, porte-clés…

Les journaux ont publié des articles sur cet ado différent et miraculeusement doué. Mais aussi sur la cité Nelson-Mandela, élevée au statut de vivier artistique après que Latifah avait, à son tour, donné la mesure de son talent, étant bientôt qualifiée de nouvelle Lady Gaga des banlieues.

Florent, le coach qu'il s'est choisi, a fait un travail remarquable. Il a su interpréter le don de Honecker et le faire évoluer vers un registre que personne n'imaginait, jusqu'à le mener à cette ultime performance qui fera peut-être, et définitivement, de lui une vedette à part entière.

– C'est inouï, me glisse à l'oreille Lionel.

Et il a raison.

La vidéo, tournée le soir où j'étais allé le chercher chez lui, montre déjà l'étendue des capacités de Honecker et son incroyable technique.

Le plus extravagant est que c'est inné, qu'il a appris en écoutant et en reproduisant ce qu'il entendait à la radio, lorsqu'il la réglait sur une station de musique classique dans le but de soulager sa mère de ses angoisses dépressives.

– Les jurés sont prêts. Ils s'installent… roucoule le maire, qui jubile à mes côtés.

Quelques instants plus tard, le jingle de *The Voice* est lancé, suivi de l'entrée sur le plateau de Honecker, sous les applaudissements nourris du public et après une introduction de Nikos Aliagas.

Face à lui, pour cette finale, le public. Et, assis derrière une table, les jurés : Florent Pagny, son coach, Jenifer, Garou et Mika.

Les musiciens jouent les premières notes de *Streets of Philadelphia* de Bruce Springsteen, et la sublime voix de Honecker donne alors sa pleine puissance.

Son interprétation est aussi belle et réussie que le *No Puede Ser*, célèbre zarzuela d'un opéra lyrique espagnol, immortalisée par la vidéo mise en ligne.

À la fin de la chanson, les spectateurs sont debout et applaudissent à tout rompre.

Honecker is born.

Une bouffée d'oxygène

Grand-mère se déplace dans l'appartement en chaise roulante, reliée par une longue canule à une bouteille d'oxygène placée sous son siège dans une espèce de panier rectangulaire. La canule passe dans son cou, longe la nuque et se scinde en deux derrière ses oreilles avant de pénétrer dans ses narines pour venir l'alimenter en air.

Mémé chausse d'affreuses charentaises en tissu écossais qu'elle a commandées à La Redoute. Elle n'a pas l'occasion de les user parce qu'elle ne marche plus depuis déjà longtemps.

Ses yeux, surtout l'œil droit, sont d'une fixité qui mettrait mal à l'aise un visiteur… si nous en avions.

Heureusement, en dehors de la livraison des courses une fois par semaine, nous sommes tranquilles de ce côté-là.

Pour les achats du quotidien, Internet, c'est l'idéal !

Grand-mère, malgré ses problèmes de santé et son grand âge, s'est mise à l'heure de l'ordinateur. Depuis que mes parents, sa fille et son gendre, ont eu un accident mortel en voiture – je n'avais pas encore deux ans –, mémé doit se débrouiller seule.

C'était avant sa maladie, avant qu'elle ne puisse plus descendre les douze étages de l'immeuble. L'ascenseur étant toujours en panne, il lui est impossible de dévaler les escaliers en fauteuil roulant, d'où l'idée de se faire livrer les courses à domicile.

Grand-mère refuse catégoriquement de m'apprendre à me servir de l'ordinateur portable qu'elle enferme à clé dans le tiroir de son secrétaire dans sa chambre. Elle dit que je n'en ai pas besoin, et ne voit pas ce que je pourrais y trouver de plus qu'à la télévision, que nous regardons ensemble du matin au soir, avec une pause le midi et à dix-neuf heures pour les repas que je prépare moi-même.

Je suis passée maître dans l'art de cuisiner. Je n'ai pas beaucoup de mérite, mémé m'a appris tout ce qu'elle savait, alors je lui mitonne de bons petits plats. Grand-mère est gourmande et je lui dois bien ça.

À la mort de mes parents, elle m'a prise en charge. Ça n'a pas dû être très commode, je n'étais qu'une gamine pas plus haute que trois pommes, une enfant difficile et capricieuse d'après elle. Quand il lui arrive de me parler de cette époque, je vois encore passer dans ses yeux les éclats d'une colère qui n'est pas tout à fait éteinte.

Parfois, grand-mère me demande de prendre dans l'armoire du salon la boîte en fer qu'elle range à côté des bougies. Je la pose sur la table et j'étale les photos qu'elle recèle.

Un vrai trésor !

Nous y sommes tous : papa, maman, mémé, moi et pépé, du temps où il était encore vivant, bien avant ma naissance. Grâce à ces photographies, je retrouve mes parents tels qu'ils furent, et il ne leur manque que la parole.

Dans leur chambre, mémé n'a touché à rien. La bouteille de parfum de maman est toujours sur sa table de chevet. De temps en temps, pendant que grand-mère fait la sieste, j'entre en catimini dans cette chambre qui fut celle de mes parents, et je débouche le flacon. Il reste environ un tiers d'un liquide ambré et un peu gras. Je hume à plein nez l'arôme qui s'en dégage et, aussitôt, je devine ma mère.

Pour papa, ce sont ses chemises et son unique costume qui sentent la cigarette froide. C'est un peu écœurant et je ne reste jamais trop longtemps à les respirer.

Pour en revenir aux photos, quand elles sont étalées sur la table, mémé en désigne généralement une du doigt, jamais la même, et commence de me raconter l'histoire qui s'y rattache. Je la soupçonne de l'embellir un peu, mais je ne lui en veux pas. Grand-mère dit que les plus belles vérités sont toujours habillées des pires mensonges.

L'image d'elle que je préfère la représente en justaucorps, dans la position typique des danseuses classiques, les bras en arc de cercle au-dessus de la tête, les mains réunies par le bout de ses doigts gracieux. Le corps est tendu, en équilibre sur la pointe des pieds, mollets gonflés et cuisses fermes.

Quand elle raconte, mémé parle avec une lenteur exaspérante. Chaque mot est disséqué syllabe par syllabe et semble lui demander un effort particulier. Sa respiration est haletante et le chuintement de l'oxygène qui passe dans ses narines est très désagréable.

À la longue, il a bien fallu que je m'y habitue !

Mémé était autrefois danseuse – coryphée, avant de devenir sujet – à l'opéra d'Alger, du temps des Français, et elle assure que sous leur domination elle n'aurait jamais pu être première danseuse, et surtout pas danseuse étoile. Elle regrette aussi de ne pas l'avoir été après l'indépendance de l'Algérie. Au contraire, elle s'est vue brimée parce qu'elle avait travaillé avec les colons. On la traitait de collaboratrice au pire sens du mot.

Grand-mère n'a pas supporté et, en 1964, elle s'est finalement exilée en France.

Dix ans après, elle emménageait avec pépé et ma mère – elle venait de naître – dans la cité Mandela, qui ne s'appelait pas encore comme ça.

Mon père les a rejoints en épousant maman deux décennies plus tard, et je suis née il y a dix ans.

Voilà toute l'histoire de notre famille…

Ma grand-mère m'a appris très tôt à lire et à écrire.

Elle dit que les jeunes filles doivent avoir une bonne éducation pour trouver un bon mari. Elle me parle souvent de pépé, mais je ne sais pas s'il était un bon mari. Sûrement, parce que mémé est une femme très bien éduquée. D'accord, aujourd'hui elle est diminuée, mais ça n'enlève rien à ses qualités.

Nous adorons regarder ensemble par les fenêtres du salon. Comme nous sommes au dernier étage, nous dominons le quartier et notre point de vue s'étend loin vers l'horizon.

Mémé m'explique combien il a changé. Combien c'était plus vert autrefois, moins peuplé et aussi moins envahi par la circulation. Ici, dans l'appartement, nous sommes en sécurité, protégées des *envahisseurs*, comme elle nomme indistinctement les choses et les gens. Avec tout ce que l'on entend et voit à la télé, je la crois sur parole.

Nous ne manquons de rien et n'avons aucun besoin de nous mêler à cette *faune sauvage* – une autre de ses expressions favorites.

D'ailleurs, si quelqu'un vient à frapper à la porte, j'ai pour consigne de me réfugier aussi vite que possible dans ma chambre. Dès que j'ai disparu, mémé observe l'intrus par le judas et, si nécessaire, ouvre – mais c'est rare.

Grand-mère est prudente, tellement de vieilles femmes se font agresser chez elles !

Elle cache, sous le plaid qui lui recouvre les jambes, le vieux pistolet de pépé. Elle m'a assuré que cette antique pétoire fonctionnait encore, ce qui m'étonnerait parce qu'elle ne la nettoie jamais. Et je me demande ce qui arriverait si elle devait un jour s'en servir…

Quand ce sont les courses, elle laisse un pourboire au livreur et, de ma chambre, j'entends qu'il la remercie. C'est souvent le même garçon. Le son de sa voix m'est familier. Grand-mère n'a jamais accepté son aide pour transporter les paquets jusque dans la cuisine, c'est toujours moi qui m'y colle une fois qu'il est parti.

Nous fêtons tous nos anniversaires – les nôtres et ceux de maman, papa et pépé. Pour ces occasions, grand-mère me demande de mettre les couverts pour cinq, comme si nous étions réunis en famille. Je suis responsable des bougies sur les gâteaux. Je les allume et surtout je les souffle à la place des absents, mais aussi de mémé qui ne peut pas à cause de l'oxygène. Il ne faudrait pas qu'elle explose en vol, comme elle plaisante à chaque fois en souriant.

Nous célébrons la Noël et le Jour de l'An, ainsi que le veut la tradition, même si ce n'est pas celle de la religion de grand-mère.

Ces soirs-là, nous dînons plus tard, et mémé me raconte ses souvenirs, quand elle était danseuse et se produisait devant le tout-Alger. Ensuite nous regardons la télé bien après minuit, puis je vais me coucher.

La routine quotidienne rythme nos journées. Quelquefois cependant, nous avons la visite importune d'une assistante sociale, et je dois impérativement me terrer dans ma chambre. Mémé me demande même de me cacher dans mon placard. Il ne faut surtout pas que l'assistante sociale se doute de ma présence. Grand-mère assure que si elle me trouvait, elle m'emporterait avec elle et me conduirait dans un orphelinat.

Elle m'a décrit en de tels termes les orphelinats que je ne veux pour rien au monde y mettre les pieds. J'en ai très peur, alors je me dissimule derrière les vêtements de ma penderie et c'est à peine si je respire. Je ne recommence à vivre que lorsque j'entends le grincement des roues du fauteuil de mémé et qu'elle m'informe que le danger est passé.

La nuit suivant le passage de l'assistante sociale, je fais des cauchemars que je rapporte fidèlement à grand-mère dès le matin au réveil.

– Tu vois que j'ai raison, ce sont le diable, ces femmes ! s'exclame-t-elle de sa voix soudain raffermie.

Grand-mère ne reçoit aucune aide financière, hormis sa petite pension de veuve, ainsi qu'une aide pour personne isolée et sans famille. Je le sais, parce qu'un jour j'ai vu des documents qu'elle avait oubliés sur la table de la cuisine.

Mémé a déclaré aux autorités qu'à la mort de mes parents j'étais retournée en Algérie, dans la famille de mon père. Il y avait inscrit sur une des feuilles le nom d'un village, mais je ne l'ai pas retenu. Et si l'assistante sociale vient parfois, je suppose que c'est pour vérifier…

Hier soir, nous avons regardé *Les Anges de la téléréalité*. Grand-mère raffole de cette émission. Ensuite, je suis allée me coucher en embrassant mémé sur le front.

J'ai vérifié que sa bouteille d'oxygène était encore suffisamment pleine. Nous en avons trois en réserve. Quand il en faut de nouvelles, le pharmacien les livre, comme pour les courses.

Je me suis endormie en lisant un livre de la Bibliothèque rose – *Fantômette contre le Nain jaune*. Grand-mère en a tout un rayon dans le salon. Ils appartenaient à maman quand elle avait mon âge. Je les dévore les uns après les autres. Je les ai tous lus au moins une fois, alors je les relis encore et je ne m'en lasse pas.

Avant de dormir, pour sa toilette, mémé se débrouille toute seule. Ça lui prend presque une demi-heure, mais elle a toujours refusé mon aide. Sa chambre – nous en avons trois, c'est un des plus grands appartements de l'immeuble – se situe à côté de la mienne, si bien qu'en cas de besoin elle peut m'appeler.

Je me souviens qu'il était vingt-deux heures et douze minutes à mon réveille-matin quand j'ai éteint la lumière.

J'ai pris la clé qui pendait autour du cou de mémé, au bout d'une chaîne qu'elle ne retire jamais.

Dans l'entrée, je l'ai insérée dans la serrure de la porte pour la première fois de ma vie. J'ai imprimé deux tours dans le sens opposé des aiguilles d'une montre, puis j'ai appuyé courageusement sur la poignée.

La porte s'est ouverte.

Je me suis avancée sur le palier. Il faisait noir, mais je n'ai pas osé allumer la lumière. J'ai descendu les douze étages.

Jamais je n'aurais cru mettre si longtemps !

Dans le hall, il n'y avait personne. Je suis sortie. Le jour se levait à peine. Sur les marches devant l'immeuble, assis côte à côte, deux garçons me montraient leurs dos. Sentant ma présence, ils se sont retournés.

Leurs sacs posés près de leurs pieds, ils devaient certainement attendre l'heure de partir à l'école. Le plus grand m'a observée attentivement, tandis que son voisin s'est détourné sans plus s'occuper de moi.

Nous sommes restés longtemps, le grand et moi, à nous jauger.

J'avais peur, parce que je n'avais encore jamais mis le nez hors de l'appartement de grand-mère.

La télévision, même si on y apprend beaucoup sur le monde extérieur, ne m'avait pas préparée à l'étrange et terrifiante solitude qui s'est soudain emparée de moi.

Le plus petit des deux s'est levé et a dit à son copain :

– Bon, tu viens, Ghanem ? On va rater le bus.

– Pars devant, Coraz, je te rejoins plus tard.

Coraz a haussé les épaules et s'est éloigné sans insister, tandis que Ghanem s'est approché de moi. J'ai reculé d'un pas parce que j'étais effrayée.

– Faut pas avoir peur, petite… Tu cherches quelqu'un ? Tu habites où ? Je t'ai jamais vue…

C'était donc ça la *faune* dont parlait mémé ?

J'étais bêtement déçue. Le garçon n'avait pas l'air bien méchant pour un *sauvage*.

J'ai hésité un court instant avant de baisser les yeux, puis j'ai murmuré entre mes lèvres, un peu honteuse de confier un secret à un étranger :

– Grand-mère ne respire plus.

Du côté obscur de la farce

Driss est l'ovni de la cité. Nous avons le même âge, mais lui a déjà eu son bac avec deux ans d'avance quand j'en ai pris un de retard. Driss est une grosse tête, un véritable ordinateur sur pattes connecté à une intelligence hors pair. 19 sur 20 de moyenne générale au bachot, et quand les gars de Mandela ont appris ça, ils lui ont fait une fête du tonnerre.

Du jour au lendemain, Driss est devenu un symbole, même pour les plus barjots du coin. Une affaire d'État, au point que le maire de la ville a organisé une réception en son honneur.

Il n'y avait jamais eu autant de rebeus et de renois dans la salle d'apparat de la mairie. Pères, mères, frères, sœurs, cousins, amis, amis d'amis, connaissances, nous étions serrés comme des sardines. La gloire académique de Driss rejaillissait sur nous et nous n'étions pas peu fiers, ce n'est rien de le dire !

Pourtant Driss est un timide, certainement pas un gars à se mettre en avant, mais plutôt un bosseur – et secourable avec ça. Combien de fois n'a-t-il pas rendu service à un copain qui ne comprenait goutte à ses devoirs ! En deux temps trois mouvements, il résolvait un problème de maths dont les consignes tenaient plus du martien que du français. Philo, physique, histoire-géo, SVT… aucune matière ne lui résistait. Sauf peut-être l'EPS, discipline où il n'excellait pas vraiment, souple comme une pierre et rapide comme une limace. J'ai d'ailleurs remarqué qu'une tête bien faite a souvent les guibolles en guimauve.

Mais malgré ce handicap, il s'est débrouillé pour avoir une très bonne note à l'examen !

Ses parents habitent le même immeuble que les miens, le bâtiment E, et j'ai souvent eu l'occasion de rencontrer leur fils, même si nous ne sommes pas des intimes.

Il a toujours été difficile de se lier avec lui. Driss restait des heures chez lui à étudier et ne se mêlait pas aux jeunes de la cité. Par exemple, il n'est jamais venu s'asseoir avec nous sur les marches devant l'entrée. Nos sujets de conversation lui plaisaient tellement que je n'ai pas souvenir qu'il ait un jour participé à une discussion sur les qualités comparées des joueurs du PSG ou la ligne mélodique d'un morceau de heavy metal.

Peu de temps après la fiesta à la mairie, une nouvelle surprenante s'est répandue dans la cité : Driss avait obtenu une bourse d'excellence. Celle-ci lui permettait d'intégrer une grande école préparatoire et, plus tard, de concourir pour des études supérieures.

D'un coup de baguette magique, Driss passait du rang de Maghrébin à peine fréquentable à celui de pupille de la Nation éducative ou, au choix, de futur dirigeant d'une multinationale, d'homme politique, de chercheur ou de… et pourquoi pas le prix Nobel ?

Nouvelle teuf et nouveaux espoirs pour la cité Mandela d'avoir élevé en son sein un probable président de la République française : Driss El-Fassi.

Ça sonnait comme une revanche aux oreilles de tous. Moi, j'imaginais la photo officielle prise dans les jardins de l'Élysée : le délit de sale gueule au sommet de l'État !

Nos vieux ont commencé à nous bassiner et à prendre pour exemple Driss. Certains jeunes s'y sont mis, redoublant de travail à l'école afin d'égaler leur modèle. Dans un sens, ce n'était pas si mal…

Et puis, le temps passant, la ferveur est retombée. Driss vivait maintenant à Paris, dans une chambre d'étudiant financée par une grosse boîte locale d'intérim. Elle se servait de lui pour sa publicité, comme d'un faire-valoir et d'un exemple d'une intégration réussie.

Je me rappelle que mon père, excédé par cette notoriété commerciale, avait lâché un soir à table :

– Tu vois, Ahmed, Driss… c'est devenu le *bon* Arabe. Ils l'agitent comme une carotte devant les ânes que nous sommes. Pendant ce temps, pour nous autres, c'est-à-dire tout le monde, eh bien, rien ne change, et ne changera jamais.

Bientôt, le génie de la cité ne fut plus un sujet de discussion. Il vivait sur une planète qui nous semblait aussi éloignée que Pluton. Dans mon immeuble, ses parents ne s'épanchaient pas, tout au plus un mot de temps en temps, mais rien de significatif.

Driss était passé du « côté obscur de la farce ». L'expression d'un jaloux, mais qui résumait bien ce que pensait la majorité : les *Gentils* l'avaient définitivement digéré.

Pour ma part, j'entamais ma dernière année de lycée et ne visais pas aussi haut que l'illustre Driss. Avoir le bac, même sans mention, me suffirait amplement.

Ce jour-là, un mercredi après-midi, Melik, Taoufik et moi glandions, assis sur les marches de l'entrée. Pour une fois il ne faisait pas trop moche, même si le fond de l'air nous glaçait les extrémités des doigts sur lesquels nous soufflions en permanence.

Lorsque soudain Taoufik s'est exclamé :

– Eh ! Mais c'est pas Driss, là-bas, qui arrive ?

C'était bien lui. Il se dirigeait d'un pas lent, la tête baissée, à cogiter des choses qui nous dépassaient.

– Eh ! Driss ! Driss !

Melik l'a interpellé jusqu'à ce qu'il finisse par lever les yeux dans notre direction. Driss a fait un vague geste de la main, puis nous a rejoints, l'air ennuyé de nous trouver sur sa route.

– T'as une perm' ? a demandé Taoufik, un sourire moqueur sur les lèvres.

– T'as fait le mur ou ils t'ont foutu à la porte ? a renchéri Melik.

– L'embêtez pas, les gars, j'ai dit. C'est pas sympa…

Driss nous a serré la main à tour de rôle. La sienne était molle et moite.

– Je viens voir ma mère, y a rien d'extraordinaire à ça…

Il paraissait avoir rapetissé. Des cernes maquillaient ses yeux d'un trait brunâtre. Visiblement, les études ne lui donnaient pas une pêche d'enfer.

– J'ai seulement deux heures devant moi, après il faut que je rentre. J'ai du travail en retard.

Il s'est frayé un chemin en passant entre nous et est entré dans l'immeuble.

On l'a vu s'avancer vers les escaliers et gravir les premières marches, l'ascenseur étant – faut pas rêver – toujours en panne.

Nous sommes restés là, à bavasser et à tuer le temps, sans nous décider à aller traînasser en ville. Taoufik et Melik n'avaient pas un sou sur eux et moi à peine cinq euros, pas assez pour leur payer à boire.

Nous avions oublié Driss, quand il est réapparu, les pommettes rouges et la mine plus heureuse qu'à son arrivée.

– C'était chouette ? s'est enquis Melik.

Driss a souri. La visite à sa mère l'avait requinqué, et j'en étais sincèrement content pour lui.

– Tu retournes bosser ? l'a vaguement interrogé Taoufik.

– Oui.

Jamais très causant, le Driss.

– C'est comment là-bas ?

J'aurais mieux fait de me casser une jambe plutôt que de poser cette question.

Pour moi, ce n'était qu'une forme polie d'intérêt. Je supposais que Driss aimerait qu'on se soucie de sa nouvelle vie.

Mais le plus réactif a été Melik :

– Ouais ! C'est comment ? Tu nous montres ?

Driss, décontenancé, l'a regardé sans comprendre où il voulait en venir.

– Ça serait génial, si on t'accompagnait jusqu'à ton bahut, a continué Melik. Ça doit être chouette à visiter, une boîte pour les cadors !

Taoufik a immédiatement été emballé par l'idée. Une virée à Paris, c'était le meilleur moyen de tuer les quelques heures qui nous restaient avant de regagner nos chez-nous respectifs et de retrouver la monotonie de notre quotidien.

L'idée me tentait, mais je ne voulais pas que Driss se sente redevable ou contraint.

– C'est que… a-t-il commencé en bafouillant.

Mais Melik ne lui a pas laissé la moindre chance :

– Fais pas ta diva, Driss ! Qu'est-ce que tu risques, hein ? On pue ou quoi ? T'as honte de nous, c'est ça ?

– Mais non ! s'est récrié Driss.

– Alors, go ! On te suit. T'es notre guide touristique ! C'est parti pour un voyage au pays des grosses têtes ! a plaisanté Taoufik.

En moins de temps qu'il ne faut pour réfléchir, nous étions tous les quatre dans le bus qui nous menait à la station de métro – destination Paname.

Finalement, ce mercredi après-midi ne serait pas aussi pourri que prévu.

– Waouh !

L'exclamation de Melik résume à elle seule ce que Taoufik et moi pensons. Non seulement la bâtisse de l'école est somptueuse, mais nous avons atterri dans un des plus beaux quartiers de Paris. Ça respire le pognon par toutes les fenêtres !

La bouche de métro n'est qu'à quelques dizaines de mètres du lycée où Driss poursuit ses études. Nous les parcourons le nez en l'air, nous rengorgeant comme des gamins émerveillés qui découvriraient Disneyland pour la première fois.

Nous parvenons devant les grilles du lycée à l'instant où plusieurs groupes d'étudiants sortent de l'établissement – beaucoup de filles, et plutôt mignonnes…

Melik, les yeux hors de la tête, s'échauffe et lance à la cantonade :

– Bon sang, Driss, tu vis au milieu d'un harem, ma parole !

Il écarte les bras afin d'englober toutes ces filles qui lui tombent du ciel.

Driss, resté jusqu'ici silencieux, me pose une main sur l'épaule, se penche vers moi et me chuchote à l'oreille :

– Ahmed, vous avez vu maintenant… Venez, je vous paie un verre, y a un bar un peu plus loin, allons-y.

Sa voix chevrote. Il n'a qu'une envie, nous éloigner au plus vite avant que nous ne nous fassions trop remarquer, quitte à dépenser un peu d'argent.

– Eh ! Mesdemoiselles ! Mesdemoiselles !

Déterminé à lier connaissance, Taoufik s'élance vers un groupe d'étudiantes qui stationne devant la grille. Melik lui emboîte le pas en remontant le col de sa veste, histoire de se donner un genre, tandis que Driss esquisse un geste inutile dans l'espoir de le retenir. Celui-ci avorte, et mes deux potes se mêlent très naturellement aux jeunes filles.

Nous assistons alors à leur numéro de drague habituel, un mélange de fanfaronnades et d'humour un peu balourd.

– Dis-leur d'arrêter, Ahmed. S'il te plaît…

La voix geignarde de Driss me parvient étouffée par ce qui ressemble à un sanglot.

– Ils ne font rien de mal, Driss. Cool, mon vieux, te prends pas le chou… je le rassure, avant de le planter pour rejoindre Melik et Taoufik.

Elles sont cinq filles et rient de bonne grâce à nos blagues lourdingues.

Ce n'est pas tous les jours que des rebeus débarquent de leur lointaine banlieue, et ces demoiselles semblent vouloir en profiter.

– Vous êtes d'où ? demande l'une d'elles.

– Cité Mandela… Afrique du Sud, rigole Taoufik. Et vous ?

Elles gloussent en mettant une main devant la bouche, et Melik les imite si bien que tout le monde part d'un fou rire communicatif.

Nous oublions la présence de Driss. La vie est belle ! Nous discutons avec de pures beautés et nos charmes exotiques pour le quartier ne semblent pas leur déplaire.

– Ça vous dirait de boire un pot avec nous ?

Taoufik a complètement zappé le fait que nous n'avons pas un sou en poche, si ce n'est mes cinq euros qui, dans un coin comme celui-ci, ne nous permettront de commander qu'un demi-verre de grenadine – et encore sans paille.

À ce moment-là, je me souviens de la proposition de Driss de nous offrir à boire, même si ses intentions étaient différentes des nôtres.

– Driss, approche !

Je l'invite d'un geste, mais il ne bronche pas, scotché à l'endroit où je l'ai abandonné il y a moins de dix minutes.

– Allez viens, quoi !

J'insiste, lorsqu'une main s'abat sur ma nuque, aussitôt suivie d'une voix menaçante :

– Laissez-les tranquilles !

Les filles cessent de rigoler comme si le courant qui les alimentait avait été subitement coupé, et leurs figures s'allongent d'un mètre.

Taoufik et Melik, intrigués, se retournent et constatent qu'un type, un étudiant mâle sapé comme un premier de la classe, m'a empoigné par le colback.

Le temps que je réagisse, il m'a repoussé à l'extérieur du groupe et il fait maintenant face à mes deux amis.

– De quoi il se mêle, le fils à papa ?

Ce disant, Taoufik s'approche de lui pour se retrouver nez à nez.

– Cassez-vous. On veut pas de vous ici… articule le gars d'une voix blanche.

Trois garçons, eux aussi endimanchés et sortis de je ne sais où, viennent se placer dans son dos, prêts à intervenir.

– Ça va, ça va… Ils vont partir. Ils ne faisaient rien de mal…

L'intervention de Driss surprend tout le monde. J'en profite pour tenter de calmer les esprits de mes copains.

– Allez, on laisse tomber… Ça n'en vaut pas la peine.

Taoufik toise l'étudiant encore quelques secondes afin de ne pas perdre la face et, comme à regret, se détourne de lui en produisant un bruit de bouche méprisant. Puis, toujours au ralenti, il salue les filles d'une manière outrancière. Une révérence assez comique, je l'avoue, qui a pour effet de les faire pouffer.

Melik, jamais à court d'une ânerie, l'imite, et cette fois les rires sont plus francs.

– Barrez-vous, bande de minables !

Je ne sais pas qui, des quatre, a proféré l'insulte, mais celle-ci agit comme un détonateur.

Melik balance son poing dans la figure du garçon le plus proche de lui, pendant que Taoufik se lance tête la première dans l'estomac de celui qui m'a repoussé.

Les filles s'égaillent dans tous les sens en poussant de petits cris aigus, en débandade.

– Oh, non ! Non ! hurle Driss.

Il reçoit une gifle sur le museau qui lui coupe le sifflet.

L'échauffourée durait depuis moins de cinq minutes que déjà les sirènes des voitures de police retentissaient.

Driss tentait en vain de nous séparer les uns des autres. Un attroupement s'était formé autour de nous.

Nous avions le dessus. Taoufik faisait jouer sa science de la baston et Melik assaisonnait à tour de bras nos adversaires. Pour ma part, je me contentais d'éviter le maximum de coups en les esquivant de mon mieux.

Quand Taoufik a hurlé :

– Les keufs ! Tirons-nous !

Nous n'étions pas plus responsables que les autres. Mais que pèse la parole de trois rebeus dans ce quartier ?

Nous n'avions rien à faire ici, si ce n'est chercher les ennuis. Raison pour laquelle nous avons détalé comme des lapins.

Driss nous a suivis, bien qu'à mon avis il ne risque pas grand-chose avec sa bourse d'excellence en guise de bouclier.

Maintenant, nous dévalons l'avenue à toutes jambes.

Ma respiration est hachée par l'effort produit. À mes côtés, Driss souffle comme une locomotive à vapeur. Taoufik est devant nous, et Melik derrière. Son arcade sourcilière pisse le sang.

Nous avons parcouru environ cinq cents mètres en sprint. Je me retourne pour jeter un œil par-dessus mon épaule.

– Ils n'ont pas l'air de nous poursuivre…

Nous ralentissons, sans cesser pour autant de courir. Nous sommes apparemment sortis d'affaire, et l'adrénaline reflue dans nos veines, laissant la place à une énorme fatigue.

Mal à l'aise, je me sens gêné aux entournures pour Driss. Par notre faute, il risque des ennuis. On a dû le reconnaître et il pourrait être accusé d'avoir déclenché une rixe.

Nous décidons enfin de marcher, l'air le plus dégagé possible. Melik appuie avec un mouchoir en boule sur son arcade blessée, Taoufik crache par terre et j'essuie la sueur sur mon front, tout en m'adressant à Driss :

– Je suis désolé, tu sais…

– C'est rien, Ahmed, ils n'avaient qu'à pas nous traiter de minables, me rassure Driss.

– Parfaitement, hoquette Melik.

– Y se prennent pour qui ces minables ? enrage Taoufik, dont les phalanges des mains ont bleui à force de donner des coups de poing.

Nous reprenons vie petit à petit en même temps que notre indignation retombe.

– Je crois qu'on va rentrer, je propose. Ça va aller pour toi, Driss ?

– T'en fais pas…

Il nous donne l'accolade – un geste étonnant de sa part, qui personnellement me touche –, et nous quitte sans s'attarder, remontant l'avenue à grandes enjambées en direction de son lycée.

– Bon, ben, on y va, soupire Melik. On va pas prendre racine ici…

Il doit y avoir une station de métro un peu plus bas. Sans nous concerter, nous démarrons d'un même pas, mais nous n'avons pas fait dix mètres que des crissements de pneus nous font nous retourner comme un seul homme.

Une voiture banalisée vient de piler net à la hauteur de Driss. Deux hommes portant un brassard rouge fluo siglé POLICE en sortent et se jettent sur lui.

Driss est immédiatement plaqué au sol, mais il commet l'erreur de se débattre et reçoit sur le crâne un coup de matraque qui l'assomme à moitié.

Sans ménagement, un des policiers le menotte en lui tirant violemment les bras dans le dos. L'autre a posé un pied sur sa nuque. Un troisième, resté dans la voiture communique par radio.

Melik, Taoufik et moi nous interrogeons du regard…

Nous ne sommes pas fiers quand, quelques secondes plus tard et le plus discrètement possible, nous traversons l'avenue pour changer de trottoir, nous dispersant chacun de notre côté afin ne pas éveiller l'attention.

Petite Marie

Je m'appelle Marie, j'ai dix-sept ans et je suis fille unique.

Dans ma famille, nous ne roulons pas sur l'or, mais en comparaison avec certains de nos voisins nous sommes plutôt mieux lotis – mes deux parents travaillent. D'ailleurs, ils envisagent de quitter la cité Mandela et de devenir propriétaires d'un appartement dans une résidence en centre-ville. Bref, de « s'élever sur l'échelle sociale », comme aime à le répéter mon père avec volupté.

Mais aujourd'hui, rien n'est plus comme avant, et mes parents espèrent encore que ça me passera. Ils appellent ça *ma crise d'adolescence*. Ils misent sur le temps et sont convaincus que je vais redevenir leur gentille petite Marie, si simple… pour ne pas dire simplette.

Ils ont tort.

C'est arrivé quand j'avais quinze ans. Je me souviens des arbres dans la rue, de leur odeur, de celle de la terre aussi. Il avait beaucoup plu. L'averse avait été brève et brutale. Il était environ cinq heures, je rentrais du collège Mandela.

J'ai grimpé les trois étages qui menaient à notre appartement et j'ai croisé Ryad, qui descendait quatre à quatre les marches. Nous nous sommes salués d'un bref signe de la main.

Maman n'était pas encore rentrée de son travail. Papa ne tarderait pas. Je suis allée directement dans ma chambre. J'ai fermé la porte, laissé tomber mon sac à dos par terre et je me suis assise sur mon lit.

J'étais fatiguée. Nous avions eu trois contrôles dans la même journée, et j'étais stressée à l'idée de devoir passer mon Brevet dans moins de deux mois. J'avais un tas de devoirs à faire pour le lendemain, et je me demandais si j'aurais le temps, sans parler de l'envie.

J'ai fermé les yeux et me suis allongée.

La chambre était plongée dans le noir quand je les ai rouverts. J'avais dormi et transpiré, ma peau était moite. Ma première pensée, après quelques secondes confuses, a été : *Je ne suis pas heureuse…* Je n'avais aucune idée de ce que cela signifiait réellement hormis le sens de chaque mot, ni pourquoi elle avait mijoté dans mon sommeil, en traître.

J'avais tout ce que peut désirer une adolescente, téléphone portable, ordinateur, fringues, argent de poche et pourtant, ce soir-là, j'ai senti que je n'étais pas heureuse. C'était aussi douloureux que de recevoir une gifle.

Je me suis levée, je suis sortie de ma chambre et j'ai traversé le salon comme un automate. Mes parents étaient tous les deux rentrés. Papa regardait une émission à la télévision. En me voyant il a dit :

– Tu t'étais assoupie, je n'ai pas voulu te réveiller… Tu es fatiguée ma chérie ?

– Je sors un instant…

– Quoi ? À cette heure-ci ? Tu vas où ?

Je n'ai pas répondu.

J'ai croisé maman dans le couloir de l'entrée, elle décachetait le courrier.

– Ah, Marie, c'est toi. Tu es malade ? Tu m'as l'air bien pâle…

– Je vais faire un tour.

– Maintenant ?

– J'ai besoin…

– D'accord, mais ne rentre pas tard.

Je n'ai pas pris le temps d'enfiler ma veste.

Dans le hall, il y avait l'habituelle bande de quatre ou cinq garçons. J'ai reconnu Glad et son copain Coraz, mais c'est à peine s'ils ont levé les yeux sur moi. Je suis sortie et, une fois dehors, je me suis mise à courir jusqu'à en perdre haleine.

Il faisait presque nuit et la phrase tournait en boucle dans ma tête : *Je ne suis pas heureuse… Je ne suis pas heureuse…* Elle m'exaspérait parce que je n'arrivais pas à m'en dépêtrer et qu'elle ne menait à rien parce qu'elle était insensée.

J'ai cessé de courir à cause d'un méchant point de côté, et j'ai marché encore quelques dizaines de mètres avant de m'asseoir sur un banc. J'ai posé mes coudes sur mes cuisses et mis mon menton dans le creux de mes mains.

J'espérais que la phrase s'en irait d'elle-même, comme un mauvais goût sur la langue qui disparaît avec le temps. En vain.

Un quart d'heure plus tard, je suis rentrée à l'appartement. Dans le hall de l'immeuble, Mme Diarra m'a dit bonjour. Dans une large écharpe nouée autour d'elle, son bébé de quelques semaines dormait à poings fermés.

À la cuisine, mon père mettait la table et ma mère achevait de préparer le dîner. Sans une explication, je suis retournée dans ma chambre.

La phrase était toujours là, tapie en moi. Je la sentais. Elle vibrait et appelait un commentaire, une réponse, que je n'avais pas.

– À table ! a crié mon père.

Mes parents étaient assis chacun à leur place, leurs serviettes dépliées sur les genoux. Je me suis approchée, j'ai ouvert la bouche, mais aucun son n'en est sorti.

– Tu es malade, Marie ? s'est inquiétée ma mère.

– Je t'avais bien dit qu'il ne fallait pas qu'elle aille dehors… Et pour quoi faire, hein ? a ronchonné papa.

– *Je ne suis pas heureuse…* ai-je alors articulé, d'une voix qui n'était pas la mienne, comme possédée.

Très vite, mes copines de collège ont commencé de me trouver bizarre et me l'ont dit.

– T'as les dents du fond qui baignent ou quoi ?

Uma avait une façon très personnelle de commenter ma situation.

Pour être honnête, rien n'était plus comme avant. Je passais de longs moments à ne rien faire ou encore à m'exalter sans raison ni sans pouvoir m'en empêcher.

Je me souviens d'être restée plusieurs minutes dans la cours de récréation à contempler un nuage dans le ciel et ne pas avoir entendu la sonnerie de reprise de cours.

Je me passionnais pour des brins d'herbe qui poussaient dans les fissures du goudron. Je m'arrêtais dans la rue, le soir en rentrant chez moi, et j'écoutais le bruit des feuilles dans les arbres. C'était complètement stupide, limite débile, mais je ne pouvais pas faire autrement, même si ça m'inquiétait.

Je me suis confiée à Octavie, une autre copine. Elle m'a écoutée, mais inutile d'être psychologue pour voir qu'elle ne pigeait pas grand-chose à ce que je lui racontais, et son diagnostic fut à la hauteur de son incompréhension :

– T'as les hormones qui font la teuf, ma vieille.

La première manifestation spectaculaire de ce changement a eu lieu à l'occasion d'un ultime Brevet blanc. La prof de français distribuait les copies, elle est arrivée à ma hauteur et m'en a tendu une. Je n'ai pas réagi.

– Bon, tu attends quoi, Marie ?

Elle l'a mise sous mon nez et j'ai levé la tête vers elle. Je ne ressentais aucune agressivité, au contraire, et sans me l'expliquer, j'étais extraordinairement sereine.

– Non, merci, sans façon, me suis-je entendue lui répondre.

Sa figure a pris une expression comique. Ses traits se sont déformés, ses joues ont rosi et ses yeux se sont écarquillés.

– Quoi ? Qu'est-ce que tu dis ?

Moi-même, je n'en revenais pas de mon refus, mais la sensation était plutôt positive. Je me suis mordu l'intérieur des joues pour ne pas sourire.

– Marie, veux-tu prendre cette feuille, s'il te plaît.

Je l'aimais bien cette prof. Elle n'était pas trop sévère, même si parfois on la chahutait, et ses cours étaient intéressants.

– Qu'est-ce que tu cherches, Marie ? À te faire coller ?

Je n'ai pas baissé les yeux, non par effronterie mais par curiosité, et cette phrase qui me poursuivait depuis des jours s'est soudain évaporée. Elle a été remplacée par une autre dont je me suis aussitôt emparée :

– Je suis à la recherche de mon bonheur, madame.

Plus tard, j'ai trouvé étrange d'avoir dit *mon* bonheur au lieu *du* bonheur.

– Tu vas arrêter de n'en faire qu'à ta tête, Marie ! s'emportait mon père de plus en plus souvent.

Mon bonheur allait contre les conventions. J'ai rapidement appris que vouloir être heureuse c'était transgresser, désobéir, sortir de la route toute tracée et poser un problème quasi insoluble aux autres.

Je continuais à me rendre au collège, mais seulement pour faire illusion et ne pas trop braquer mes parents.

Je travaillais quand j'en avais envie et quand les cours m'intéressaient.

Après l'histoire du Brevet blanc, mes parents ont été convoqués par le principal. On m'a sommée de m'expliquer, et je me suis contentée de répéter :

– Je cherche mon bonheur…

Papa m'a regardée comme si je venais de proférer une énorme grossièreté.

La discussion s'est animée, et ils ont voulu savoir ce que j'entendais par *mon bonheur*. Je n'en savais rien, c'était trop neuf, trop beau. Je n'avais pas d'explications à leur donner qui puissent les tranquilliser – parce que c'était ça qu'ils voulaient : *être rassurés.*

Et d'ailleurs pourquoi faut-il une explication à tout ?

Voyant pourtant qu'ils tenaient à leur réponse, j'ai dit la première chose qui me passait par la tête :

– Je ne veux plus être en compétition avec personne. Je ne veux plus me battre pour une illusion. Je veux vivre. Vivre heureuse. À mon allure.

Je n'avais jamais été aussi honnête.

Le principal m'a prise pour une folle.

Mes parents, je crois, ont eu honte.

Je séchais les cours pour les remplacer par de grandes balades en ville. Je parlais avec des inconnus. Je passais des heures à la bibliothèque à me documenter et à lire pour le plaisir. Souvent, je ne faisais rien, et quand je rentrais, la cité Mandela et ses habitants n'étaient plus les mêmes.

Quelque chose d'extraordinaire s'est produit : je me suis mise à aimer les gens.

Inutile de préciser que mes parents s'inquiétaient. J'avais beau leur dire que je n'avais jamais été aussi heureuse, ils se sentaient désarmés face à l'étrangère qu'était devenue leur fille. Pour eux, le bonheur consistait à être comme les autres – transparents.

– Mais qu'est-ce que tu vas devenir ? m'a demandé un jour maman, alors que nous étions seules dans la cuisine.

– *Heureuse*, j'espère bien, ai-je répondu sincèrement.

– Tu commences à nous bassiner avec ça ! s'est-elle emportée. Tu crois que je suis heureuse, moi ? Que ton père est heureux ? Tu crois que c'est un but dans la vie ? Être heureuse, ne rien faire ? Attendre un bonheur hypothétique ? On a rien sans rien, Marie. Travaille, bats-toi, construis-le ce bonheur dont tu parles ! Fais-toi une place dans la vie, comme tout le monde !

– Je veux me faire une place dans la vie, maman. Mais cette place, je ne veux la prendre à personne – ni la voler ni l'arracher de force…

J'étais sûre de moi et de mes intentions, rien ni personne ne pouvait m'en détourner, mais c'était si difficile à expliquer. Les mots me manquaient et tout ça n'était pas très clair dans ma tête. Je savais simplement qu'il fallait que je résiste.

– Marie… Marie, je…

Ma mère s'est mise à pleurer, mais même ses larmes participaient de mon bonheur. Il fallait en passer par là.

Je l'ai prise dans mes bras et je l'ai consolée comme elle le faisait quand j'étais plus petite, en la berçant doucement.

Missionnaires

– Tu n'as pas froid, Charlie ? me demande Lee Harvey, natif de Fresno en Californie.

Il n'est en France que depuis deux semaines et s'acclimate difficilement à l'hiver parisien.

Nous venons de sortir du bâtiment D après avoir sonné à toutes les portes, et nous dirigeons vers le suivant. Un groupe de jeunes garçons à vélo nous attend dans la rue. Ils nous accompagnent maintenant en gardant leur distance et sans nous adresser la parole.

Lee Harvey et moi faisons équipe depuis son arrivée dans la capitale française. Au début, je l'ai aidé à prendre ses marques et lui ai fait visiter Paris et ses monuments.

Lee a pris ses quartiers dans nos locaux du 20e arrondissement, où il partage une chambre avec un autre missionnaire fraîchement débarqué. Les *rookies*, comme on appelle les débutants dans notre jargon inspiré des sportifs professionnels américains, ont besoin d'être encadrés durant quelque temps par des « anciens » pour ne pas se sentir perdus.

Nous nous sommes rapidement entendus et nous avons sympathisé dès le premier jour. Lee est un jeune homme simple, franc et attentif aux conseils que je peux lui prodiguer. Il n'a qu'un an de moins que moi et, lui aussi, a fait des études de français, raison pour laquelle il a été envoyé ici pour douze mois, sa période de mission à l'étranger.

– Tu vas t'y habituer, Lee. Et puis estimons-nous heureux qu'il ne neige pas.

– T'as peut-être raison, Charlie. Mais y a aussi que je commence à en avoir ma claque de grimper tous ces étages à pied. Pas un ascenseur qui fonctionne dans cette cité !

– Eh bien, comme ça on garde la ligne. Tu verras, avec leur gastronomie, ici, on a vite fait de prendre du poids. Tu ne voudrais pas qu'à vingt ans le ventre te pousse!

Lee sourit volontiers à cette évocation. Il est exact qu'il a un sacré coup de fourchette et que l'art culinaire hexagonal qu'il découvre ne semble pas lui déplaire.

– Et puis, ces mômes qui nous suivent depuis un moment... j'aime pas trop ça.

– Ne t'inquiète pas, Lee. Simple curiosité...

À leur décharge, ces enfants ne doivent pas souvent rencontrer le dimanche des gens habillés comme nous le sommes. Leur attitude n'a rien d'étrange, ils sont simplement sur la réserve.

Tous les membres en mission de notre Église sont vêtus du même costume noir, veste cintrée et pantalon fuseau, chemise blanche et cravate noire elle aussi. Nos chaussures sont impeccablement cirées, nous y prenons un soin particulier. En règle générale, ce sont elles que les gens regardent en premier et il n'est pas question de faire une mauvaise impression.

Nos formateurs insistent beaucoup sur cet aspect des choses : les représentants de Notre Seigneur se doivent d'être présentables – c'est-à-dire rasés, coiffés et avoir les mains propres –, leur tenue sera irréprochable.

– Tu t'es porté volontaire, non ? je rappelle à Lee, et il esquisse un sourire affable qui éclaire son visage.

Dès les premières heures de notre association, il m'a confié qu'il avait choisi d'œuvrer dans les quartiers difficiles de la région parisienne parce qu'il pensait que la parole du Seigneur devait être portée là où on en avait le plus besoin.

En ce qui me concerne, seulement un mois me sépare de la fin de ma période de volontariat à l'étranger. Je rentre aux États-Unis dans vingt-huit jours exactement. Les billets d'avion sont déjà pris, et j'ai hâte de retrouver ma famille et ma congrégation.

– Eh ! Les enfants ! Approchez !

Afin de rassurer mon partenaire qui, sous sa feinte décontraction, n'en mène pas si large, je décide d'entrer en contact avec nos suiveurs.

À mon appel, le petit groupe à vélo cesse de pédaler, et chacun pose un pied à terre afin de nous observer encore plus soigneusement.

– Charlie, on a encore trois immeubles à visiter, tu crois vraiment que c'est le moment de bavarder ?

Lee jette ostensiblement un œil à sa montre et pousse un soupir qui en dit long sur sa lassitude.

– Laisse faire, y en a juste pour une minute. Et puis, c'est une occasion de leur parler du Seigneur à eux aussi, tu ne crois pas ?

J'invite d'un geste de la main le plus grand d'entre eux, celui qui me semble être le leader, à s'approcher de nous. Ce dernier questionne du regard ses copains, hausse les épaules et finit par abandonner son vélo, qu'il laisse par terre, pour venir nous rejoindre.

– Bonjour, petit. Comment tu t'appelles ?

Le gosse m'examine de pied en cap sans se départir de son sérieux. Il n'est ni hostile ni avenant. Je lui montre le badge épinglé à ma veste et du doigt je pointe mon nom.

– Moi, c'est Charles Oswald. C'est marqué là. Je suis membre de l'Église adveniste du septième jour et de ses apôtres. Lui (je désigne Lee), c'est Lee Harvey Manson. Nous faisons équipe. Nous sommes américains, Lee est originaire de Californie et moi d'Utah.

Nous venons apporter la parole du Seigneur chez vous, au sein de votre communauté, dans cette belle cité Mandela.

Lee se penche en avant et sourit aimablement au garçon. Il en profite pour prendre un prospectus dans la besace qu'il porte à l'épaule et le tend à notre jeune interlocuteur.

– Tiens, dit-il, tu trouveras beaucoup d'informations sur cette plaquette. Prends-la s'il te plaît…

Aucune réaction.

Le bras de Lee reste bêtement tendu sans que l'enfant ne fasse le moindre geste pour attraper la publication en quadrichromie qu'il lui propose.

– Comment t'appelles-tu ?

Je réitère ma question, dans l'espoir de rompre la glace entre nous.

– Bouffons ! crache avec mépris le garçon, avant de nous tourner le dos et de rejoindre ses camarades d'un pas décidé et nerveux.

– Ce n'est pas grave ! Je comprends ta surprise. Ce sera pour une autre fois… À bientôt ! je lui lance alors qu'il s'éloigne et tandis que Lee range la plaquette dans la besace.

Puis nous repartons, laissant le groupe nous suivre à nouveau et toujours à distance.

Dans notre formation préliminaire, nous avons suivi des cours de communication et sommes capables de parer à de nombreuses éventualités. Le principe de base est de toujours être souriant et de ne jamais se montrer agressif. Le Seigneur nous enseigne la bonté et la compréhension, et nous nous devons d'être à son image.

– Nous y sommes : bâtiment E, me confirme Lee, visiblement soulagé.

Nous entrons sans tarder dans le hall. Je jette discrètement un œil par-dessus mon épaule. Les gosses sont toujours là.

Ils nous observent, à cheval sur leurs bicyclettes, immobiles comme des statues de plâtre.

Il nous a fallu un peu plus d'une heure pour démarcher tous les appartements. Nous n'avons pas toujours été accueillis avec courtoisie, mais par deux fois nous avons pu dispenser notre message et vendre un abonnement à notre revue semestrielle.

Ce sont les petits ruisseaux qui font les grands fleuves dit-on, et notre engagement à propager la parole du Seigneur s'enracine à chaque instant au fil de notre mission.

Maintenant nous regagnons le hall d'entrée, Lee est devant moi, je sens qu'il est pressé d'en finir. Ce soir, nous projetons une balade nocturne sur les Champs-Élysées en compagnie d'autres missionnaires. La nuit, les Champs illuminés sont toujours une expérience mémorable à raconter de retour au pays, et ce sera une première pour Lee Harvey.

Parvenus au rez-de-chaussée, nous déposons des brochures dans les boîtes aux lettres. Il suffit parfois d'une lecture pour qu'une femme ou un homme se sente nourri et libéré par la parole de Notre Seigneur.

Quand nous en avons terminé, Lee quitte le hall pour se retrouver à l'extérieur. Je le suis et manque de buter contre lui lorsqu'il s'arrête net et sans prévenir.

– Eh ! Mais qu'est-ce que tu fabriques ?

En guise de réponse, Lee émet un grognement sourd.

– Qu'est-ce qu'il y a ?

Je m'inquiète, mais il ne me faut pas longtemps pour juger de la situation.

Dans la rue, les enfants à vélo ont été rejoints par une poignée d'adolescents aux mines revêches.

Le garçon avec qui nous avons tenté un rapprochement tout à l'heure nous désigne d'un doigt accusateur à un jeune homme. Celui-ci s'avance vers nous et se campe sur le trottoir en bas des escaliers.

– C'est vous les bouffons ?

Lee et moi nous regardons, ne sachant pas trop quoi lui répondre. Finalement, puisque je suis le plus ancien sur le terrain et le plus expérimenté, je prends l'initiative d'engager la négociation.

– Pas vraiment. Mais nous venons en paix et…

– Ta gueule ! Tu te crois où, le Ricain ? T'es pas chez toi ici. Pourquoi tu viens nous emmerder ?

– Nous ne venons pas vous…

– Ta gueule ! hurle-t-il à nouveau.

Il semblerait que ce jeune homme ait un vocabulaire assez restreint et plutôt grossier. Il ne faut surtout pas tomber dans le piège de l'invective.

Nous avons souvent abordé dans nos stages de communication les techniques de pacification en cas d'agressions verbales : garder le sourire, rester calme, ne pas élever la voix, ouvrir les paumes des mains en gage de bonne volonté et obliger son interlocuteur à dialoguer.

La parole, qu'elle soit celle du Seigneur ou plus modestement la nôtre, est apaisante. Les mots évitent bien des guerres.

– Prenons un moment pour discuter… je suggère de ma voix la plus douce et sans laisser paraître mon trouble.

Je me racle la gorge et continue sur le même ton :

– Je suis certain que ce malentendu…

– Ta gueule !

Le jeune homme ne me quitte pas des yeux. Un rictus mauvais déforme sa bouche. Il fait signe à ses copains d'avancer, et ceux-ci viennent se ranger à ses côtés.

Ils sont quatre en tout à nous défier, quand la main de Lee se pose sur mon épaule.

– Laisse, Charlie.

Me repoussant, il dépose sa besace à mes pieds et plie sa veste soigneusement avant de me la remettre.

– Mais à quoi tu joues, Lee ?

Les autres nous fixent, narquois, ne perdant pas une miette de nos faits et gestes. L'un d'eux a sorti de sa poche ce qui ressemble à une matraque artisanale.

– Rappelle-toi de Jésus et des marchands du Temple, Charlie. Quand la parole et la bienveillance ne suffisent plus… se justifie Lee, tandis qu'il remonte les manches de sa chemise sur ses coudes et desserre le nœud de sa cravate.

– Tu fais quoi ? Tu nous cherches, le comique ? questionne méchamment celui qui est leur leader.

Les autres ados se gondolent d'un rire forcé et venimeux. Derrière eux, près de leurs vélos, les plus jeunes assistent au spectacle en se donnant des coups de coude, ravis d'être aux premières loges.

Lee descend une marche après l'autre en effectuant des mouvements d'assouplissement de la nuque et des épaules.

Arrivé à moins de deux mètres du groupe d'ados, il se met en position – de profil, légèrement fléchi sur les jambes, un bras ramené sur sa poitrine, l'autre tendu, doigts repliés sur ses mains ouvertes.

– Eh, les gars ! Vous avez vu ça ?

Les ados ricanent, tandis que Lee reste concentré. Aucun signe d'inquiétude ne vient troubler les traits de son visage.

– C'est toi qui l'auras voulu… lance le meneur et, aussitôt, comme s'il s'était agi d'un commandement, les quatre jeunes se précipitent sur Lee.

Je me rappelle m'être gentiment moqué de Lee Harvey quand, dès les premiers jours de notre collaboration, il m'a confessé avoir une passion pour l'acteur de films d'arts martiaux Jackie Chan.

Je ne trouvais pas cette admiration très compatible avec la parole de Notre Seigneur. Lee n'a rien objecté à mes restrictions, ne jugeant peut-être pas utile de se justifier. Il a simplement précisé qu'il était aussi deuxième dan de karaté et champion universitaire de Californie.

Boloss

À la cantine du collège, personne ne voulait m'accueillir à sa table. J'ai tourné en rond pendant cinq longues minutes avec mon plateau dans les mains, jusqu'à ce qu'une place un peu à l'écart des autres se libère. Une fois assise, j'ai commencé de manger au lance-pierre la bouffe dégueulasse du bahut.

Je n'avais pas encore fini l'entrée – des tomates coupées en rondelles recouvertes d'une vinaigrette couleur jaune bile – qu'Uma s'est approchée de moi sans que je m'en aperçoive, et s'est campée dans mon dos.

Je m'en suis rendu compte seulement parce que deux filles, qui étaient en bout de table, zyeutaient avec insistance dans ma direction. Pressentant un danger imminent, je me suis retournée et les pieds en acier de ma chaise ont crissé sur le lino.

Uma n'a pas ouvert la bouche. Elle s'est contentée de me gifler à la volée, envoyant valdinguer mes lunettes au milieu de l'assiette qui contenait du gratin d'épinards baignant dans de la sauce béchamel coagulée.

– Dégage, connasse !

Je me suis éloignée en évitant de croiser les regards des garçons qui me fixaient d'un air mauvais.

La récré débutait à peine, et je me suis réfugiée près de la grille d'entrée, là où un surveillant filtrait les sorties en vérifiant les carnets de liaison – seul endroit où j'étais assurée d'être à peu près tranquille.

J'ai observé les va-et-vient en laissant mon esprit vagabonder. Les cours reprenaient dans dix minutes avec la prof de français, d'ici là j'espérais qu'il ne m'arriverait rien de désagréable.

Il ne me reste plus que sept mois à tirer dans le collège Mandela, ensuite, après le Brevet, je m'orienterai vers un bac pro à Martin-Luther-King. Je ne suis pas une mauvaise élève, mais à l'idée de me retrouver dans un lycée général, en compagnie d'une majorité d'élèves que j'ai côtoyés pendant quatre ans, j'en ai la chair de poule.

Un garçon de quatrième, auquel je n'avais pas prêté autrement attention, s'est glissé près de moi et m'a brutalement arraché mon sac à dos avant de décamper en courant. Le temps que je réalise, il était déjà trop tard.

Le surveillant n'a rien vu, et il était inutile de faire appel à lui. Je pouvais être certaine qu'il ne quitterait pas son poste pour si peu.

Le garçon s'est dirigé vers les toilettes. Je l'ai vu pénétrer à l'intérieur en jetant un rapide coup d'œil par-dessus son épaule dans ma direction.

Je n'osais pas bouger de peur d'attirer l'attention sur moi. Il ne faut en général pas grand-chose pour que je me retrouve confrontée à plusieurs élèves hostiles. Une situation que je connais bien et qui ne me rapporte que des insultes et souvent des bleus.

Sofiane, le garçon qui m'avait chipé mes affaires, est enfin ressorti des toilettes. Il tenait mon sac d'une manière étrange, bras tendu et très éloigné de lui.

Il a fait quelques pas en direction du centre de la cour où il l'a déposé. Ensuite, il s'est joint à un groupe d'élèves. Il a dit quelque chose et les autres ont éclaté de rire en se retournant vers moi. L'un d'eux m'a même gratifiée d'un doigt d'honneur.

La sonnerie annonçant la reprise des cours a retenti peu de temps après. J'ai attendu que la plus grande partie des élèves soit déjà à l'intérieur des bâtiments pour aller récupérer mon sac à dos.

Sofiane avait pissé dedans.

Nous habitons à l'avant-dernier étage d'une barre HLM de la cité Mandela. Les fenêtres de ma chambre offrent une vue dégagée sur le collège, mais j'évite autant que possible de regarder dehors. D'ailleurs, j'ai pris l'habitude de descendre les stores et de ne laisser filtrer qu'un filet de lumière.

Installée à ma table de travail, je terminais un devoir maison de mathématiques à rendre en fin de semaine. J'avais enfilé un sweat-shirt gris taille XXL au motif de la Panthère rose. Je flottais à l'intérieur.

Je suis loin d'être moche, mais dissimuler mon corps est une façon commode de m'oublier et de me rendre invisible, chose que j'aimerais bien mettre en pratique au collège.

– À table ! a crié ma mère, et j'ai fermé mon livre d'exercices pour aller rejoindre mes parents.

Papa était assis à ma droite, maman en face de moi. À tour de rôle, ils demandaient des nouvelles de ma journée, de mes notes et s'inquiétaient de savoir si tout allait bien.

Un questionnement rituel auquel je réponds toujours mécaniquement : rien à signaler, la routine et des notes correctes. Ils ont été, comme à chaque fois, soulagés et nous avons changé de sujet de conversation.

Il n'est de toute manière pas question que je leur parle de mes problèmes au collège. Je veux leur montrer l'image d'une fille forte et performante. Ils n'ont déjà pas compris pourquoi je voulais intégrer la section hôtelière d'un lycée pro, alors inutile d'en rajouter. Je leur ai fait avaler, non sans mal, que c'était une vocation. Et, pour donner le change, j'ai obtenu de maman qu'elle m'abonne au magazine *Hôtellerie Restauration & Métiers de bouche*, un truc indigeste que je feuillette devant eux de temps à autre.

Nous en étions au dessert quand, ce soir-là, le téléphone a sonné.

– Qui peut bien appeler à cette heure-ci ? s'est interrogé papa en se levant pour aller répondre.

Il est revenu avec le combiné du téléphone sans fil à la main et me l'a tendu.

– Tiens, c'est pour toi, une copine de classe qui voudrait un renseignement sur un devoir que vous avez à faire.

Je prenais un peu trop de temps à son goût pour me saisir de l'appareil et papa s'est impatienté.

– T'attends quoi, Stella, le dégel ?

Il me l'a mis de force dans la main, puis s'est rassis pour terminer son dessert.

Maman commençait déjà à débarrasser la table, leur série policière américaine préférée n'allait pas tarder à être diffusée et il ne fallait pas qu'ils en ratent le début.

– Allô, ai-je balbutié.

– Alors, boloss, t'es avec tes vieux ? Y sont aussi cons que toi je parie ! Demain, c'est ta fête, on te démolit la gueule, boloss… Bonne soirée, espèce de tarée !

Je n'ai eu aucun mal à reconnaître la voix de Nadège, une fille d'une autre troisième. Elle a raccroché sans me donner le temps de réagir.

Papa me regardait en souriant gentiment, de la mousse au chocolat tatouait sa lèvre supérieure.

– Non, c'est à la page 102… tu verras, l'exercice 3… si tu veux, on le corrige avec les copines en arrivant demain matin… d'accord… bise…

Le combiné me brûlait la main et je l'ai reposé trop brutalement sur la table après avoir fait semblant de répondre à mon interlocutrice.

– Eh ! Fais attention, Stella ! s'est écrié mon père sans se départir de son sourire complice.

– Pardon, papa… Heu… Tu as de la mousse sur les lèvres…

Il s'est essuyé avec sa serviette, puis s'est levé pour retrouver maman sur le canapé.

La supérette présente l'avantage de se situer au centre de la cité. En général, le samedi matin, j'accompagne ma mère pour aller y faire les courses, mais elle était souffrante et papa entraînait au stade les minimes de l'équipe de foot.

– Tu n'oublieras pas le lait, hein ma chérie ?

J'ai quitté maman sur cette dernière recommandation.

Dans la cité, je me sens transparente, presque anonyme. Je parviens facilement à me fondre dans la masse. Même si la plupart des élèves du collège y habitent, je ne risque pas d'être agressée. Ce qui ne m'empêche pas de sortir le moins souvent possible, ma chambre étant à la fois mon refuge et ma prison.

Une fois dans le magasin, je me suis directement dirigée vers le rayon des laitages, et j'ai déposé un pack de briques de lait demi-écrémé dans le caddie. J'ai ensuite suivi dans l'ordre la liste des courses rédigée par maman.

J'en étais au dernier article, des éponges pour la vaisselle, quand j'ai senti dans le bas de mes reins une forte poussée, si violente que je n'ai pas pu me retenir.

D'un vol plané, j'ai atterri dans la gondole en envoyant tout valser autour de moi.

Le gérant du magasin s'est précipité pour constater les dégâts, notamment six verres à bière qui avaient explosé en tombant sur le sol.

– Il faudra payer, mademoiselle, m'a-t-il dit en m'aidant à me remettre sur mes pieds.

J'étais encore sous le choc et ne trouvais pas d'excuses à avancer pour ma défense.

Mon caddie avait dérivé sur une dizaine de mètres. À côté de lui, goguenards, trois jeunes élèves du collège s'amusaient de la situation. L'un d'eux piochait dans un paquet de céréales que j'avais choisi quelques minutes plus tôt. Un autre écrasait entre ses doigts un pot de yaourt, tandis que le troisième portait ostensiblement une main à ses parties génitales et m'envoyait des signes obscènes.

La première fois que j'ai entendu l'expression *boloss*, j'étais en sixième.

Un garçon venait de me traiter de boloss. Je ne connaissais pas la signification exacte de ce mot et j'avais demandé à une copine si elle la savait. Celle-ci me l'avait alors expliquée à sa manière, un peu brutale :

– C'est une sous-merde… On a droit d'en faire ce qu'on veut, d'un boloss.

Aujourd'hui, la question que je me pose, et depuis longtemps maintenant, c'est : pourquoi moi ?

Il doit bien y avoir une raison pour qu'on s'en prenne comme ça à moi. J'ai dû faire ou dire quelque chose qui a provoqué quelqu'un… Le pire, c'est que je n'ai pas de réponse.

De quoi suis-je coupable ? Si je le savais, je pourrais me corriger. Au contraire, j'ai l'impression que rien ne changera jamais, que je serai toujours un boloss.

Et puis, un jour, une idée m'est venue en surfant sur les réseaux sociaux du Net.

Avec mes économies, j'ai acheté une petite caméra numérique, oh ! pas la plus chère, mais de qualité suffisante pour pouvoir mettre sur la Toile la vidéo que j'allais tourner. J'avais fait un essai préalable avec la webcam de mon ordi, mais l'image et le son étaient vraiment trop mauvais.

REC.

Un point rouge s'allume.

Mes parents sont de sortie chez des amis. Nous sommes samedi soir, et j'ai prétexté une migraine et un début de mal à la gorge pour ne pas les accompagner. Maman m'a donné un cachet d'aspirine et m'a embrassée sur le front avant de partir.

Hier, j'ai ouvert un compte sur YouTube – puisque je n'ai personne à qui parler, j'ai décidé de me confier au monde entier ! Décidé de ne plus me laisser faire !

Je suis assise face à la caméra. Jamais je n'aurais cru que ce serait aussi difficile de s'exprimer devant un objectif. J'ai tellement de choses à dire que je ne sais pas par où et par quoi commencer.

La transpiration dégouline dans mon dos, mon T-shirt colle à la colonne vertébrale et mes mains tremblent tellement que je les ai coincées sous mes cuisses.

Il faut que je dise quelque chose, n'importe quoi…

Prise de court et sans plus réfléchir, je psalmodie un à un les noms des élèves qui me harcèlent au collège. Je veux qu'on sache qui ils sont, ce qu'ils me font et qu'à partir d'aujourd'hui, c'est eux qui ont intérêt à se tenir à carreau.

Je recommence et recommence encore, en boucle. Une longue litanie que j'égrène de plus en plus fermement. À la fin, quand je n'en peux plus de répéter, je demeure muette.

L'idée de la tête qu'ils feront s'ils me voient et m'entendent me rend soudain follement heureuse.

Maintenant que la caméra ne m'impressionne plus, je vais raconter ma guerre. Parce que c'en est une et que je suis la reporter de moi-même et aussi parce que…

La caméra tourne toujours, alors écoutez bien ça et tenez-vous-le pour dit :

– Je suis quelqu'un ! Pas un boloss ! Alors venez pas me chercher, bande de lâches !

Planète SCNALRA

La rumeur s'est répandue dans la cité telle une traînée de poudre : *il est là !*

Vêtu de son habit de super-héros, il a garé son véhicule labellisé sur le parking, parfaitement rangé entre deux voitures, pas un millimètre de trop ou de moins.

Ils ont d'abord cru à une plaisanterie, on sait combien la rumeur peut enfler avant de crever comme une bulle de savon, alors personne n'y a cru. Depuis le temps qu'on l'attendait, qu'on en rêvait même. L'espoir de le voir à l'œuvre un jour avait fondu et s'était réduit à presque rien. Les gens parlaient de lui comme d'un mystère insoluble, une chimère. Ils se contentaient d'un sourire, pareil à celui qu'on esquisse quand on évoque un parent si lointain qu'on doute de son existence. Un oncle d'Amérique qui débarque, a-t-on jamais vu ça ?

Et pourtant : *il est là !*

Pour être précis, il est dans le hall du bâtiment E, paré de tous ses attributs, armé jusqu'aux dents, les mains sur les hanches. Il toise l'ennemi, celui de toute la cité, d'un regard scrutateur, les pupilles de ses yeux étrécies à leur maximum et une moue dubitative sur les lèvres.

Il donne l'impression d'être un homme comme un autre, si ce n'est son habit de lumière bleu pastel muni d'un nombre considérable de poches remplies de gadgets hypersophistiqués, sa large ceinture de force percée d'œillets en cuivre, ses chaussures montantes à lacets aux bouts renforcés et enfin sa magnifique casquette à visière sur le front, sur laquelle s'inscrit en lettres scriptes et rouge sang le nom de sa planète : SCNALRA.

Il a posé à ses pieds une lourde sacoche. Ses mains sont gantées et le hall d'entrée résonne du craquement des jointures de ses doigts qu'il plie et déplie avec une lenteur appliquée.

Il est quatorze heures et cinq minutes précisément ce samedi après-midi-là, quand Super-Héros avance d'un pas décidé vers la bête.

Le premier à se retrouver sur les lieux, par hasard et sans savoir ce qui l'attend, est Taoufik.

Il descend les escaliers en sifflotant quand, une fois dans le hall, il tombe sur lui. Un être comme les autres au premier coup d'œil, mais que son uniforme trahit, d'autant que dans son dos le nom de sa planète est inscrit, SCNALRA, mais aussi traduite en français courant.

Le sang de Taoufik ne fait qu'un tour, il s'empare de son téléphone portable et appelle son copain Ahmed.

– Merde ! Ahmed ! Il est là !

– Qui ?

– Viens, je te dis, viens vite, faut qu'on l'empêche de se barrer, faut pas qu'il parte avant…

– Avant quoi ?

– Appelle Melik, faut que je monte la garde…

Taoufik coupe la communication et s'approche prudemment du Super-Héros qui est à genoux, le corps à demi penché dans le vide. Il ne veut surtout pas l'effrayer, un accident est si vite arrivé.

– Bonjour, dit-il d'une petite voix émue.

Le Super-Héros se retourne vivement, surpris, et regarde en contre-plongée le garçon qui vient de lui adresser la parole.

– Hum… fait-il sans desserrer les dents.

On le sent crispé. Il se lève et Taoufik fait un pas en arrière, tandis qu'il se dirige vers l'entrée, sort et descend les marches du perron.

– Qu'est-ce que j'ai fait ? Mais qu'est-ce que j'ai fait ? murmure Taoufik pris de panique.

Pourtant, le Super-Héros a laissé sur place ses armes, sa sacoche et le ventre de la bête béant.

Le jeune homme est rassuré quand il le voit revenir, les mains chargées de barrières orange qu'il installe aussitôt après avoir pénétré dans le hall.

– Pour la sécurité, dit-il d'un air renfrogné.

Puis il s'accroupit devant la bête, hésite une seconde avant de sauter à l'intérieur et de disparaître en son sein.

Quelques minutes pesantes s'écoulent avant que son bras ne réapparaisse et n'attrape la sacoche. Il la fait glisser jusqu'à ce qu'elle tombe à son tour dans les entrailles de la bête.

Taoufik en a des sueurs froides.

Ils sont maintenant une quinzaine dans le hall à commenter les différents bruits, métalliques pour la plupart, qu'ils entendent en écho.

Mme Diarra tient son bébé dans ses bras, lui donne le sein et parle à Glad avec un naturel déconcertant. Celui-ci est rouge comme une pivoine, les yeux braqués sur la poitrine opulente de la maman. Corinne Diarra lui a demandé en début de semaine d'être le parrain du petit Louis. Il a accepté, même s'il trouve le prénom du nouveau-né ridicule. Glad mérite cet honneur. C'est tout de même lui qui a coupé le cordon du mioche et a eu le courage de sonner chez M. Diarra pour qu'il conduise sa femme à l'hôpital le fameux soir.

Taoufik, Melik et Ahmed tiennent conciliabule. La question est de savoir si le Super-Héros va réussir sa mission. Melik est pessimiste, les deux autres lui disent qu'il va finir par porter la scoumoune à force de défaitisme.

Coraz est littéralement collé à Latifah. Il ne la quitte pas des yeux. Il en baverait presque de la savoir si près de lui. La jeune fille, pour une fois, ne montre pas de signes d'impatience. La situation est critique pourtant, mais Latifah semble ailleurs, au point qu'elle n'a pas mis ses écouteurs ni branché son MP3. Ce que ne savent pas les autres, c'est qu'elle détient en sa possession un scoop : son idole est de nouveau à Paris, incognito, mais pas pour tout le monde…

Ghanem, Kevin, Ryad et Jennifer forment un petit groupe à part. Ils tirent des plans sur la comète au cas où leur sauveur réussirait sa mission. Personne n'ose imaginer le bonheur que ce serait : la bête vaincue et domestiquée. Ghanem en profite pour distribuer des bonbons, des Haribo qui collent au sachet. Il les a retrouvés hier soir sous son lit en rangeant sa chambre.

Octavie et Uma bavardent avec leur nouvelle copine, Stella. C'est pas croyable ce que cette gonzesse a changé. Un matin elle est arrivée au bahut, elle s'est dirigée droit vers un garçon qui avait l'habitude de l'ennuyer et lui a balancé son genou dans les parties. Le gars s'est plié en deux en émettant un râle déchirant.

Ensuite, elle est allée afficher sur le panneau d'information, sous le préau, un bristol sur lequel était indiquée l'adresse d'un lien YouTube. Sa vidéo a fait le tour du collège Mandela.

Quelques adultes viennent se mêler aux adolescents et bientôt le hall est plein d'une agitation bon enfant quand, soudain, la tête du Super-Héros apparaît juste au-dessus du niveau du sol. À son front perlent des gouttes de sueur iridescentes.

Il cligne des yeux, ébloui par la lumière, et s'aperçoit que le hall est envahi par des autochtones. Il sait combien ceux-ci peuvent être dangereux pour un SCNALRA tel que lui. Il replonge aussitôt dans le ventre de la bête et réfléchit à ce qu'il doit faire.

Une voix le tire de ses interrogations et du sentiment d'insécurité dans lequel il se trouve.

– Ça va ? Vous avez réussi ?

Glad a franchi les barrières de sécurité et se penche prudemment dans le vide.

Derrière lui, tout le monde attend la réponse à sa question avec anxiété.

Il est parti. Le Super-Héros a rangé ses affaires, pris sa sacoche, ses barrières, ses armes et a regagné son vaisseau, une estafette Renault.

Quand il est sorti du hall dans la lumière faiblissante de la fin d'après-midi, Mme Diarra a traduit à haute voix et pour tout le monde ce qu'elle lisait dans le dos du Super-Héros, SCNALRA : *Société Conceptrice Nouvelle d'Aménagement de Location et de Réparation d'Ascenseurs* – le saint Graal en quelque sorte.

Les premiers à se ruer dans l'ascenseur réparé sont Taoufik, Melik et Ahmed. Ils font un voyage jusqu'au dernier étage et sont applaudis à leur retour comme des cosmonautes ayant réussi le premier vol habité du bâtiment E.

Mme Diarra, Louis, son bébé et Glad sont les suivants. Ainsi, toutes les personnes présentes, les unes après les autres, vont goûter les joies d'un ascenseur en état de fonctionner. La liesse s'est emparée des locataires qui chantent dans le hall et applaudissent durant de longues minutes.

Au bout d'un moment, le hall se vide et le calme revient, seuls Coraz et Latifah n'ont pas encore testé l'engin.

– Une balade dans les nuages ? propose Coraz à la jeune fille.

– Pourquoi pas !

Sur le visage de Coraz s'épanouit un sourire éclatant. Ils ne seront que tous les deux dans la cabine et le garçon envisage une folie, bien qu'il sache qu'il n'aura même pas le courage de lui prendre la main.

Ils entrent, les portes se referment sur eux.

– Quel étage ? demande Latifah.

– Le dernier ! s'écrie Coraz.

Comme ça, il l'aura plus longtemps à lui, dans un tête-à-tête qu'il sait déjà inoubliable pour ce qui le concerne.

L'appareil entame son ascension.

Premier étage.

Deuxième.

Troisième.

Les lumières s'éteignent.

– Qu'est-ce qu'il se passe ? interroge Latifah inquiète.

– Bah, rien, ça va revenir, la rassure Coraz.

Quatrième.

Un soubresaut. Latifah attrape la main de Coraz pour rétablir son équilibre.

Cinquième. Un crissement.

Cinquième et demi. L'ascenseur stoppe. La lumière n'est toujours pas revenue. Ils sont bloqués. En panne.

– Bon d'accord, dit Latifah d'une voix à la fois amusée et lasse. T'as gagné. T'es un petit futé, Coraz. Je sais pas comment tu t'y es pris, mais bravo ! Et puis c'est un grand jour, non ?

Coraz ne comprend pas. Il n'a rien fait du tout. L'ascenseur est de nouveau en rade et il y aurait intérêt à prévenir les secours.

– Je… commence-t-il.

Mais il n'a pas le temps d'en dire davantage.

La bouche de Latifah se colle à la sienne et il voit une pluie d'étoiles exploser devant ses yeux.

Du même auteur (bibliographie sélective)
(Site Internet : www.christophe-leon.fr)

EN LITTÉRATURE ADULTE

Tu t'appelles Amandine Keddha, éd. du Rouergue (coll. La Brune), 2002.

Palavas la Blanche, éd. du Rouergue (coll. La Brune), 2003.

Journal d'un étudiant japonais, éd. Le Serpent à plumes, 2007.

Écoloco, une alter-friction, éd. du Somnambule équivoque (coll. Dérapages), 2008.

Écran plat, éd. du Somnambule équivoque (coll. Dérapages), 2009.

Mi-figue mi-raisin, éd. La Joie de lire, 2009.

Je suis Richard Brautigan, éd. du Somnambule équivoque (coll. Short Stories), 2009.

Gros malheurs, éd. du Somnambule équivoque (coll. Short Stories), 2011.

EN LITTÉRATURE JEUNESSE

Longtemps, éd. L'École des loisirs, 2006.

Pas demain la veille, éd. Thierry Magnier, 2007.

La Guerre au bout du couloir, éd. Thierry Magnier, 2008.

« Ella » in *Nouvelles re-vertes*, éd. Thierry Magnier, 2008.

Silence, on irradie, éd. Thierry Magnier, 2009.

Dans l'enfer de Dante, éd. La Joie de lire, 2009.

Bleu toxic, éd. du Seuil (coll. Karactere'(s)), 2010.

Granpa', éd. Thierry Magnier, 2010.

Délit de fuite, éd. La Joie de lire (coll. Encrage), 2011.

Argentina, Argentina…, éd. Oskar, 2011.

Désobéis !, éd. Thierry Magnier (coll. Nouvelles), 2011.

Le Goût de la tomate, éd. Thierry Magnier (coll. Petite poche), 2011.

La Randonnée, éd. Thierry Magnier, 2012.